坂本先生とさわこの母

坂本 勤
sakamoto tsutomu
今 美幸
kon miyuki

北海道新聞社

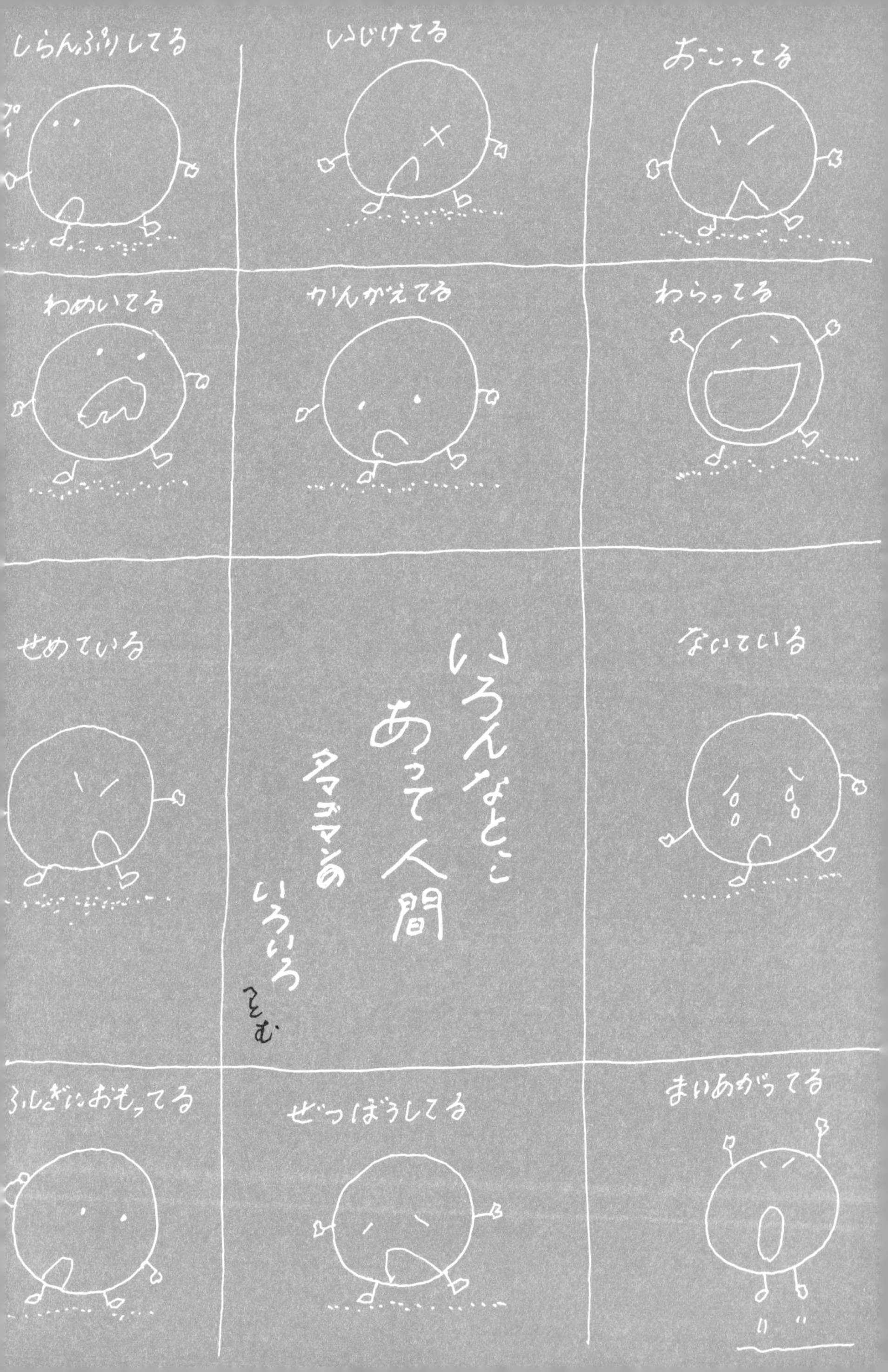

しらんぷりしてる
プイ
いじけてる
おこってる
わめいてる
かんがえてる
わらってる
せめている
いろんなとこ
あって人間
タマゴマンの
いろいろ
とむ
ないている
ふしぎにおもってる
ぜつぼうしてる
まいあがってる

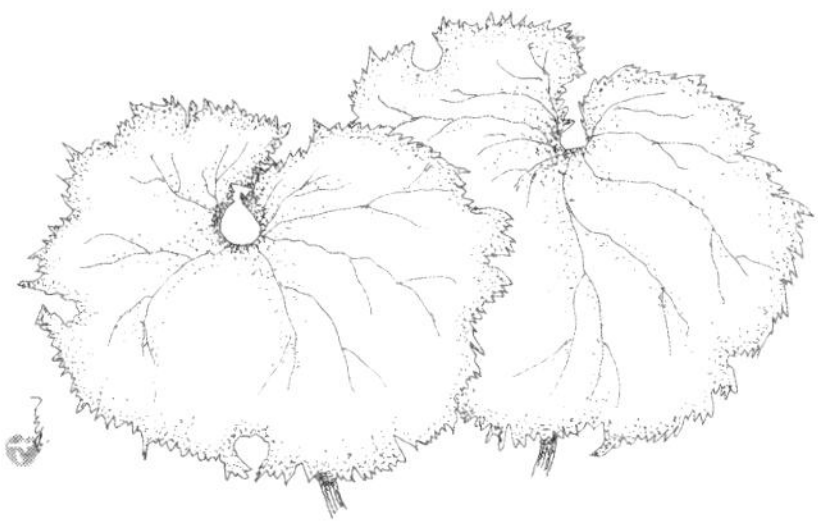

坂本先生とさわこの母

カバー写真　杣田美野里
ブックデザイン　江畑菜恵（es-design）

「私たちは、言葉を介して、自分より大きな存在と繫がることが可能なのです。言葉と共に生きることができれば、人は孤立しないはずです。そこにこそ希望があります」

——ロバート・キャンベル（オスタップ・スリヴィンスキー『戦争語彙集』から）

もくじ

第2部　戦争と子ども

『タマゴマンは中学生』シリーズで知られる札幌在住の詩画作家・坂本勤さんと、重度の障害のある娘をもつ北海道室蘭市在住の主婦・今美幸さんの手紙のやりとりは２０２３年１月に始まりました。互いの著書でその存在を知るのみだった二人が初めて会ったのは、手紙のやりとりが終盤に差し掛かった11月のことでした。

［対談1］ 人間をつくる言葉

ゆっくりでいいんだよ 大丈夫だよ ゆっくりで

今 個展で「ゆったり」とか「人にやさしく」と書かれている先生の作品に触れて、自分はあと何年したら先生みたいになれるんだろうかと思いました。でも先生に「僕は普段ゆったりできてないから『ゆったり』って書くんです」と言われて、なんかホッとしました。

坂本 そうなんです。自分にはないものだから、そうありたいという願望の表れです。自分は足りていない人間だということをいつも意識しているせいかもしれません。

今 会場にいらした娘さんの亜樹さんは「お客さんはみんな父と話したくてお見えになるんですよ」とおっしゃっていました。「この会場で一番の作品は父なんです」って（笑）。

坂本 昔の生徒も来てくれますが、「先生が生きててよかった」と言って帰る人もいます。作品なんてほとんど見ずに（笑）。

まわり道をしたらいつもと違う景色が新鮮だった。

こんな小さなくりかえしが自分を変えるのかもしれないと思えた。

坂本　今日の自分は昨日の自分とは違うということに、自分ではなかなか気づけない。でも実際には変わってますよね。それまで気づかなかった美しいものに、ある日突然気づくことがある。だから僕は、回り道とか道草がとても大事だと思っています。そういう経験が人を変えていくのではないかと。

今　本当にそうですね。うちでも、佐和子に毎朝「早くしなさい」って言ってしまいます。自分があと10分早く起きれば言わなくてすむのにと思いながら。

坂本　大人は子どもにいろいろなことを言いたくなるものですが、僕は娘にはほとんど言わないようにしてきました。僕は3歳の時に父を亡くしているので、立派な父親像というものがありません。だから、娘の教育にも臆病になっていた面がありました。それもあって、人に「こうしなさい」とはできるだけ言わないようにしてきました。

あったかなことばがあったかなこころをつくり、
あったかなこころがあったかなことばをそだてます。
こころはことばでつくられます。

坂本　どんな言葉を学ぶか、どんな言葉を広げていくのか。それは「人間をつくる」ということでもありますね。僕があなた方の『さわこのじてん』(*)に興味を持ったのもその点です。佐和子さんの中に言葉を作ろうとすることはまさに教育の基本であり、あなたは人間の基本を土台から作ろうとしたのだと思いました。

　現役の頃の僕の最初の授業では、「青がつく言葉を集めましょう」ということをしていました。すると、「青春」とか「青年」とか、実際の青色とは違う意味の言葉がたくさんあることに気付くんです。こうして、一つの言葉からいろいろな意味を探し当てることが、本来の国語の授業ではないかと思っていました。

今　耳の聞こえない子どもに「青」という抽象的な言葉を教えることは難しいことです。例えば佐和子に青というものを教えようとして青い服を指差したとすると、佐和子はその服のことが「青」だと勘違いしてしまう。だから私は、家の中にあるあらゆる青いものを集めてきて、「これもこれも青なんだよ」と説明しました。すると、赤とか虹色も分かってきて、最近ではお客さんが帰った後に、「あの人グレーだったね」と着ていた服のことを話したり。そういう話ができることが、私はすごくうれしいんです。

目の前にある物に名前をつけることはある意味では簡単なのですが、私は「ないもの」の話をしたかった。それこそが、豊かで楽しいことなのだと思います。

しあわせだから笑っているの?
いや、笑っているからしあわせなのさ。

坂本　僕がもう一つ感動するのは「笑う」ということです。笑いは、言葉を超える最も重要な表現手段です。佐和子さんの笑顔が親を安心させる。言語の力を広げる大きな役割を果たしていると思います。

今　そう、笑ってくれるんです。佐和子が行く病院で、検査技師の方に「さわちゃんのお母さんは怖い顔してないですよね」と言われたことがあります。障害のある子のお母さんは、どうしてもそういうところで怖い顔をしてしまいがちですが、私はわざとその人たちが笑ってくれるような話をして、佐和子を安心させようとしていました。

坂本　「笑っているからしあわせ」なんですね。人間にとって笑うこと以上の強さはありません。

笑顔にであうとほわっとあったかくなる。
やさしさの根っこはほわっと。

坂本　僕の好きな絵本に斎藤隆介の『モチモチの木』があります。夜中におしっこに行けない豆太が、ある夜、お腹が痛くなったおじいちゃんのために真っ暗な山の中を走っていって、お医者さんを連れてくるという話です。

学校の教育というのは、暗い夜道を走ることができるように訓練することだと思われています。最初は数メートルしか家を出られない子どもを、訓練によって麓まで走れるように育てる。でも僕は、そのことに疑問を持つようになりました。つまり、豆太はそんな訓練なしでも、いざという時に走っていくことができた。子どもたちに教えるべきことは、夜に走れる能力ではなく、走ろうとする力、相手を思いやる力を育てることではないか。

相手を思いやる心のことを、僕は「やさしさ」だと考えたいと思っています。相手にとって何がやさしさになるかはみんな違います。つまり、「人はみんな違う」ということも知らなければならない。

今　佐和子をリハビリに連れていくと、先生たちから「さわちゃんって癒やし系だよね」と言われます。そしてギュッと抱きしめてくれるんです。佐和子は他人に何かしてあげることはできないけれど、そこにいる人たちをやさしい気持ちにすることはできる。

坂本　笑うということも言葉の一つで、「あなたのことが好きです」「怖がっていません」という表現だと思います。普通は「何かができるようになること」が勉強だと思いがちなので、僕が「笑うことが大事です」なんて言うと、「それで好きな高校に入れるようになるんですか？」と聞かれることがあります。僕はぐっと答えに詰まりながらも、「入れるよ」と言います。笑うということは相手の心を読むことだから、読解力を深めていることになるんだよと答えますが、自信はありません（笑）。

今　リハビリでも、できるようになったことを点数に換算する時代ですが、それでは計れないこともありますね。佐和子が好きな先生は、買い物に付き合ってくれたことがあって、それ以来、その先生のことが大好きになって……。何かができるようになることより、うれしいことが増えることの方が大事なんだと思います。

＊『さわこのじてん』……脳性まひによる肢体不自由のほか知的・聴覚障害のある娘・佐和子と言葉を交わしたいと願った母・今美幸が手づくりした「じてん」のユニークな制作過程と、それを使った日常のやりとりを収めた本。２０１９年、北海道新聞社刊。

第1部　言葉と教育

朝の食卓……今　美幸

「一枚」

（「北海道新聞」2022年1月3日）

昨年末、雪が降り「あぁまた長い冬眠のような生活が始まるなぁ」と思いながら、あちこち片づけていると古い年賀状の束。なんだか人恋しくて一枚一枚ゆっくり読み返してみた。

そのうちの1枚が、聞こえない、話せない、体を動かすのも不自由という重い障害がある長女佐和子が二十数年前に聾《ろう》学校へ通っていた頃の先生からのもの。大きな字で「さわちゃん、げんきですか。そり、たのしんでいますか」「おもち、たくさんたべましたか」と娘が知っているわずかな言葉を使って書いてくれている。

福岡から来たという新任の彼女は学校の中も外も見慣れぬものばかりのようで、冬に「先生、雪道運転は大丈夫ですか」と尋ねると、「全然、平気です！」と言ってい

たのに、数日後の朝「ブレーキ踏んでも止まらないんです」と青い顔で震えていた。そんな日でも娘の奇想天外な行動に何とかついていこうと学校中を走り回っていた。「頼りがいのある先生」にはまだまだ遠かった。

それでも年賀状に娘が知っているありったけの言葉を並べて書いてくれているのがうれしくて、いつも娘と顔をくっつけて読んだ。昨年は「聾学校の先生をつづけているのは、さわちゃんに出会ったからです」と書かれていた。

人を想い、読んでうれしい言葉を選んで書かれた年賀状。こんな一枚をいただいて、娘も私も幸せだなあと思った。

今年の年賀状も、いつまでも片づけずに時々読み返しそうだ。

ことば

拝啓　今美幸様

ちょうど1年前の「北海道新聞」に載った「朝の食卓」――「一枚」を読み返しています。そこには、二十数年前に届いた聾学校の先生からの年賀状のことが書かれていました。そしたら、なんだかお手紙を差し上げたくなりました。

突然のことで戸惑われたかもしれません。お許しください。

僕は時折、あなたの書かれた『さわこのじてん』を読み返しています。そして自分の「言葉の生活」を思うのです。

…もし佐和子が、

「おかあさん、今日の空は青いね」

と言ってくれたら、なんて幸福だろうと思った。

「青い」と言ってほしかった。どうしてか私は、「青い」とか「白い」とか、色に気がついてくれる子になってほしかった。そんな話を佐和子としたかった。

あなたは『さわこのじてん』の中でこう書かれています。本当にふつうのふつうの対話をしたい、そんな思いがまっすぐに伝わってきます。僕はこの部分がとても好きです。だから、好きな言葉を集めた自分のノートに書き抜いて、時折ながめています。

僕は昔、国語の教員でした。子どもたちと一緒に詩を作ったり、俳句を作ったりすることがありました。

そんな時、決まって僕はこう言ってきました。

「自分の言葉を探そうね。ありふれた言葉ではない自分だけの言葉をね。青い空とか美しい花という表現ではなく、もっと自分だけが感じ取った言葉を探そうね」

でもあなたは、

「そり、たのしんでいますか」

「おもち、たくさんたべましたか」

という聾学校の先生の言葉を、

「人を想い、読んでうれしい言葉を選んで書かれた年賀状」

と感じ、幸せだなあと思ったと書かれています。

つい先日、ＮＨＫで「北の果て一人生きる～礼文島の漁師詩人92歳　半年の記録」という番組が放送されました。漁師だった老人が、高齢のため船に乗ることをあきらめ、だれもいなくなった集落に一人生きています。

礼文の海を見下ろす丘の二つの切り株の一方に座り、終日海を見て過ごすのです。もう一方の切り株は、亡くなった妻の座っていた切り株でした。

家に帰ると、彼は筆をとり、詩を書きます。

夏風に
負けずに咲いた
花の美しさ

彼の言葉は、どちらかというと使い古された言葉です。僕が授業中に「もうちょっと言葉をくふうできないかなあ」と疑問を投げかけていた言葉です。

でも、詩人の言葉は僕の心にまっすぐに突き刺さり、涙があふれそうになりました。

「美しさ」という言葉に込められた、深い悲しみや喜びを感じたからです。一人ぼっちの中を生き、人生の悲しみを想いながら、なお壮大な自然の営みに謙虚である詩人の生き方を、まっすぐに感じたからに違いありません。

「美しい」「青い」という言葉が使い古された陳腐なものだったのではなく、美しい、青いという言葉にどれほどの真実を感じさせることができるかが問題なのだということを、真実のこもったあなたの文章の中にあらためて感じました。

(在職中に気づきたかったです。ちょっと遅かったです)

でも、気づくことができてよかったです。あなたのおかげです。

これから酷寒の冬を迎えます。お体大切にお過ごしください。

2023年1月5日

坂本　勤

青い海、赤い空

拝啓　坂本先生

タマゴマンの坂本先生が、私の書いたものを読んでくださっているとは、ドキドキです。ありがとうございます。

20年ほど前のことです。私が暮らす室蘭の小さな本屋さんで、「おいしそうな色！」「マヨネーズで和えてパンにはさまれてるあのタマゴの色ね」と、そんな色の表紙の本を手にとりました。それが『タマゴマンは中学生』でした。先生は、中学生の私をどこからか見ていたのかなって、なんだかそわそわした気持ちで長い時間、立ち読みをしてしまいました。「そうそう」ってうなずきながら。でも、そのまま棚に置きました。

私には本を読んでいる時間、ないもの。自分の子どものことを頑張らなくっちゃーって。

そしていま、娘は32歳になり、私も少しだけ本を読む時間を持てるようになりました。

あの時のタマゴ色の本も読みました。「中学生のタマゴマンのおかあさんになった気持ちで読むのかなー」と思って読み始めましたが、やっぱり中学生だった自分にもどっていました。

根室の実家は目の前が海でした。朝、学校へ行くのに家を出ると、青い空と青い海のあいだに白い国後島、爺爺岳が浮かんでいるんです。

青が本当にきれいなんですよ。先生に見てもらいたいなー。

いま住んでいる室蘭の家は、台所に立っていると、まわりの家の壁が赤くなっていることがあるんです。ハッと窓の方を見ると、空が真っ赤。

するなど、娘が自分の「じてん」を広げて、「夕焼け」「あか」と指さしてくれるんです。

「おかあさん、夕焼け好きでしょ」

とか、

「私、夕焼けって知ってんだ」

とか、そんな気持ちが詰まった誇らしげな顔をするんです。

「ちょっとほめてよ」って、そんな顔を見るとうれしくて。

言葉っていいなって思います。

先生のお宅からは、どんな風景が見えますか。

「北の果て一人生きる」。私も観ました。

何だか、この人好きだなあって思いました。娘だって、だれだって、この人は受け止めてくれるんだろうなあって、背中にくっつきたくなりました。

テレビを観ていて、道東の標茶町で木を育てる仕事をしていた祖父を思い出しました。「ナナカマドの実を拾いに行くぞ」って言いだして、雪の中を2人で、赤い実をカゴいっぱいに拾ったことがありました。

祖父と手をつないで歩いたんです。手袋をしていても、ゴツゴツの手でした。

それから先生の本は何冊か読ませていただきましたが、お会いしたことはないので、共通の知人に「先生はお話ししている時、どんな感じ?」と尋ねると、「穏やかな人だよ。こちらの話をきちんと聞いてくれる」と言います。

そして先生は「ゆったり生きるという信条を掲げる一方で、とてもせっかち」とも。

先生は『遠い日の歌』に、

「定年退職した二日後に所在なさを持て余し、絵の個展を開くために会場を予約し、その日、絵を描き始めた」

と書かれています。

先生はせっかち。でも勇気がある。

私はそんな勇気が時々ほしくなります。

何度か先生にお手紙を書いているうちに、先生の勇気を少しずつもらえたらいいなぁって、思います。

これから冬本番ですね。先生もお体大切に。ご自愛ください。

2023年1月18日

今　美幸

大事なこと

拝啓　今美幸様

お手紙楽しく読ませていただきました。

タマゴ色の本、青い空と海のあいだの白い国後島、そして真っ赤な夕焼け、雪の中の赤いナナカマド……。あなたの文章の中にちりばめられた色彩の鮮やかさが心に残って、想像力をかきたててくれます。ゆったりと描かれた水彩画を思います。気持ちがゆるやかになっていくのを感じます。こういう視点が自分には欲しかったんだと、いま思っています。大きな景色の中にいる自分を遠くから見つめるゆったりした眼です。

「おはようございます。今日から君たちの担任になった坂本勤です」

そう言って僕は、黒板に大きく「坂本勤」と書きました。そして「ハンポンキンではありません」と付け加えました。教室はシーンとしています。

焦って僕は「この漢字は音読みするとハンポンキンと読めますが、そうは読まず、サカモトツトムと読みます」とジョークの説明をすることになりました。子どもたちはますます緊張した顔になりました。

「冗談です」。あわてて言葉をつなぎました。後ろにいらしたお母さん方がほんの少し笑いました。

1959年4月、十勝の幕別中学校の1年C組53人の子どもたちの前で冷や汗をかいた最初です。22歳でした。

「民主主義の時代になりました。クラスの一人一人の命が大事にされ、お互いが持つ素晴らしさを見つけ合えるクラスをみんなで作りましょう。僕も考えます、みんなと一緒にね。家族の方も一緒に」と僕は続けました。

お母さん方から拍手が起こりました。つられたのでしょう、子どもたちも拍手をしました。

53人の子どもたちが入る教室はとても狭く感じます。ぎっしり詰まった座席は、一人一人を見つめることを難しくします。その53人が、休み時間になると一斉に立ち上がり、あたりまえですが動き出すのです。眼が届かなくなるのは当然です。

こっそり弱い子をいじめている子がいます。学生服の前を広げて、ちょっと突っ張って見せる子もいます。2階の窓に腰かけて空を眺める子がいます。階段の手すりを滑り降りたり、当番を逃げ出したり……。

そんな中でも、きちんと丁寧語で話しかけてくる子もいます。誰をどう注意したらいいのか分からなくなります。でも、何らかの声掛けをしなくてはなりません。

「そんなことやめなさい」「危ないことしちゃダメ」「弱いものいじめしちゃダメ」

生活指導の先生からも言われます。

「C組のY君、服装だらしないです。注意してください」

僕はY君にちょっと厳しい指導をします。そんなある日、突然目を覚まされたのです。それは、学級委員の女の子の言葉でした。

「先生、Y君のことばっかり厳しく注意するけど、あの人、私たち女の子にやさしいし、人をいじめたりしないこと知らないでしょ。いい子なんだよ」

僕は体の奥底からブルッと震えるのを感じました。大切なことが見えてなかった。見てこなかったと、僕は思いました。そして、自分たちが大切にしていることに気づいていない愚かな教師を、子どもたちは見ていたこと。そして、「ダメ」とか「やめなさい」なんていう否定の視点だけで子どもたちを見ていた自分。

「命が大事にされ、一人一人が大事にされる」。そう話した自分の言葉を思いかえしていました。それを原点において向き直ってみようと思ったのです。注意すべき重いものだけにダメと言おうと思いました。

2階の窓に座ること、手すりから滑り降りること。この二つは危険です。そして、人間の尊厳にかかわること、人をいじめることは、「ダメ」などという簡単な言葉ではすまされないこと。

当番のことは、子どもたちに考えさせる問題であること。服装のことは、Y君とゆっくり話し合えばいいこと。それから僕は、ずっとこの考えをもとに、子どもたちと向き合ってきました。

やがて「坂本先生は子どもを甘やかしている」と言われるようになりました。学校に茶髪で来たり、だぶだぶズボンで来る生徒が出てきたときです。それを直してこない子は校舎に入れない、なんていう学校もありました。

そんな子に、「今日はキメてきましたね。理由あとで教えてね」なんて言葉を僕は掛けていましたから。


僕のことを、勇気のある人とあなたは書いてくださいました。でも、勇気はありませんでした。そんな言葉をかけながら、周囲から浮いている自分に気づき、先生たちの仲間はずれになることを不安に思っていましたから。

続けてこられたのは、「応援してます」とそっと声を掛けてくれた若い先生方がいたからです。ちょっと硬い文章になりました。ごめんなさい。

吹雪です。またお便りします。佐和子さんによろしく。
２０２３年１月26日
坂本　勤

伝えるって疲れる！

拝啓　ハンポンキン先生。いえ、坂本先生
お手紙ありがとうございます。

もう2月ですね。室蘭は大粒の雪が風に舞っています。

教壇でハラハラなさっている22歳の先生の姿を想像しました。とても楽しかったです。先生は、その時のご自分や生徒の気持ち、親の気持ちをあとで考えたりなさるんですね。

実は私も、こっそりセーラー服をバラバラにほどいて、ちょっとだけ細身にして学校へ行ったことがあります。でもだれもほめてくれなくて……。そんなことって、だれかに見てほしくてやっちゃうんでしょうか。

「ダメ」という大人の言葉は、子供には蜜の味ですね。私も先生に「今日はキメてきましたね」なんて言ってほしかったです。


１９５９年。先生は先生のスタート。私はその年に人間をスタートしました。

学校には「やめなさい」「ダメ、ダメ」という先生がたくさんいました。中学2年生のころ、新聞で『書を捨てよ町へ出よう』という寺山修司の本の紹介をみつけ、そのタイトル、カッコいいなあって、すぐに本屋さんへ行きました。

翌日、学校で昼休みに本を開いていると、若い担任の先生が「こんな不良の本、読むんじゃない」って。本の内容はまったくおぼえていないし、あまりわからずに読んでいたのですが、「不良の本」って言葉だけは忘れない。

それからお金をためては、こっそり寺山修司の本を一冊ずつ買っていました。ちいさな抵抗だったのかな。子供って（大人も？）否定されると抵抗するんだなあって。今更ながらおもしろいですね。


娘が小さかったころ、「早く、早く」って娘に何度も言っていました。自分が寝坊して娘を起こさなかったのに「早く、早く」って。「ダメ、ダメ」もきっと何度も言っていました。数えるのが怖いくらい。

聾学校の年配の先生の前で「怒ったって子供は理解してない。なのに怒ってしまう」とつぶやいたことがあります。すると先生はこんな話をしてくれました。

「子供を叱るのは、『周りの人が困ること、危険なことだと知らないまま大人になったら、あなた自身が困るんだよ』と伝えるためなんですよ」

叱るって、伝えることなんだなぁって思いました。

娘が中学生になり、電動車いすの操作が上手になったころのことです。体育館での月曜の朝会をのぞいてみると、大事なことを書いた大きな紙を掲げながら、校長先生がお話ししていました。ところが娘は、「担任の先生が追いかけてくるのがこんなに楽しいなんて」とばかりに、電動車いすで体育館中を走り回っているんです。寒くて空気が凍っている体育館で、みんなは息が真っ白なのに、何とも赤く高揚した娘の顔。自由に走れるのがうれしいんですよ。

でも見てしまったもの。娘に伝えなくちゃって。

家に帰ってから画用紙に、「今日の佐和子さん」と絵を描いて、同級生が笑っている絵と先生が困っている絵も描いて、30分間コンコンと説明を続けました。怒るって、伝えるって、なんて疲れるのだろうって思いながら。

それからは覚悟を決めて、ここぞという時だけ怒ることにしました。

「トシのせいか、肌がガザガサします」というお便りが知人から届きました。水分も油分も減っていき、最近は体脂肪という名の脂分さえも貴重に思えます。こうしてだんだん枯れていくのでしょうか。

コロナが猛威をふるいはじめたころ、

「感染の恐怖で行動に制限を迫られる毎日です。残された時間をどう有意義に過ごすかも考え、コロナ感染の心配で心を蝕まれるより、できる限り自分らしい生活を……」

というお手紙を70代の女性からいただきました。そんな考えもあるんだなぁと驚きました。

私は一日を有意義に過ごしているのかなぁと考えると、ちょっとドキドキ。先生はどうですか？

寒い寒いと言っても、もう2月になりました。春まであと少し！

明日は「福はーうち」と盛大に豆をまきます。楽しい毎日でありますように。

２０２３年2月2日

今　美幸

確かな眼

拝啓　今美幸様

大雪の後、家の前に城砦のような雪山ができました。人が一人通れる道を作って雪かきは終わりです。無理はしないことにしています。

お手紙、楽しく読みました。僕も寺山修司が好きでした。たくさんのことを学びましたよ。

佐和子さんが電動車いすに乗って体育館を駆け巡り、担任の先生が追いかけ、校長先生があっけにとられるという話が面白くて、何度も読み返しています。初めて自由に車いすに乗ることができた喜びが爆発したのでしょうね。

でも担任としては、自分のクラスの子が全体に迷惑をかけているのではと焦ってしまいます。追いかけて、やめさせたくなります。あなたもまた、お子さんにそのことを伝えたのですね。

でもあなたは、自分も佐和子さんのようにみんなをびっくりさせるようなことをしてみたかった、とも書いています。佐和子さんの気持ちが分かっていたということですよね。分かりながら注意しなくてはならない。だから、「伝えるって疲れる」と。

伝えるって疲れると、僕も思います。相手も、言葉にならない言葉で強くこちらに伝えているからです。受け止めきれないほどの重い言葉で。

引きずるようなスカートをはいてきた女の子の眼は訴えています。

「先生、あんた、みんなと同じような顔で同じような言葉を吐いて恥ずかしくないの？　あんたには個性ってないの？　先生って、枠にとらわれて自分の言葉で話してないんじゃないの？

私はそんな常識を破りたいんだ！」

みんなとは違う格好の中に、そんな声を感じていました。

僕の小学校時代は戦争の中にありました。どの先生も、

「みんなはお国のためになる強い子になりなさい」

「みんなは天皇陛下のために命を投げ出せる人になりなさい」

と言いました。

そして戦争に負けると、どの先生も、

「あれは間違いでした。みんなの命は何よりも重いものです。大切にしなさい」

と、がらりと言葉を変えました。

僕は「みんな」という言葉が嫌いです。できるだけ「ひとりひとり」と言い換えてしまいます。ある時、先生に制服を支給するということが決まり、配布されました。グレーのペラペラの作業服でした。僕は絶対に袖を通すまいと思いました。教員が同じ服装であるべき理由が見つからなかったからです。

制服は嫌だと思っている自分と同じような子がいる。あの制服を着たくない、変形させたいという子どもたちの思いが分かりました。

「僕も同じなんだよ。でも、生徒心得に書いてあることを守ろうというのがこの学校の方針です。だから考えようね。どうしてもいやだったら、生徒心得を変える運動をすればいい」

佐和子さんが電動車いすを自由に操ることができるようになったのは素晴らしいこと。そして、それをしっかり認めながら、人に迷惑になることがあることに気づかせたあなたの、人間を見る眼の確かさに学びます。

「毎日を有意義に過ごしていますか?」という質問がありました。それが「楽しく生きていますか?」という意味であれば、「有意義に生きています」と答えます。

朝、雪かきをしていて、家の前を通る子どもたちに「元気に行っておいで」と声をかけることができます。スーパーのレジに財布を忘れたとき、追いかけて届けてくれた若い店員さんに「君の親切がうれしかった」と手紙を書くこともできました。家族との食事も、娘との毎朝のメールも、家人との朝10時のコーヒータイムも。

おいしかったよ。うれしかったよ。たのしいよ。

そう伝えることができる楽しい時間をつくりたいです。それが伝わる言葉を見つけたいと思います。

そんなゆったりした時間の中で、ゆったりした心で、子どもたちの伝えようとしている声にならない声を感じたいと思います。


春を待つ思いを込めて、玄関にひな人形を飾りました。お便りを待っています。

２０２３年２月13日

坂本　勤

別の世界

拝啓　坂本先生
先生からのお手紙を読みながら、何だか涙がほろり。いくつになっても、分かってもらえるのってうれしいですね。私はまた中学生にもどっていました。

グレーの作業服……私もきっと嫌いです。でも「いやです。嫌いです」って言えたかな？

「みんな」が同じ方向を見て、同じ意見を言う。問題もなく平穏なような気がします。でも、そうではないですよね。いつかまた、そんなお話もお聞かせください。

「有意義」って、そうですね。それでいいんですね。怠け者の私は、「有意義」という言葉に、何か特別なことをしなくちゃって少しドキッとしてしまいます。

あのお手紙をくださった女性も、ご家族と猫との毎日が楽しそうでした。

「楽しく生きる」って、とても簡単なようで、でもちょっと必要な何かもあって。娘の毎日は「楽しい毎日」がいいなあって思います。

先生、娘は高校1年生の時に登校拒否をしたんです。学校へ行く日に「買い物」「行く」と「じてん」を指すんです。

その日は、なんとか学校へ連れて行きました。

翌日は、からだ中に力を入れて、布団から出ようとしない。

その次の日は、朝ごはんをのせたお盆をひっくり返す。

娘は、自分の思いを100パーセント伝えられるわけではないので、どうしてそういうことをしているのか、周りの人にはわからない。

先生たちが、心配して家に来てくれました。とにかく無理強いはやめましょうって。

私は何とか平静な顔をしていました。

「学校なんて行かなくたっていいのよ」なんて無理に思おうとして。でも本当は、「終わった」という言葉がぴったりの心の中でした。

ある朝、娘と遅い朝食をとっていました。娘は小さく切ったパンをスプーンにのせて、スープに浸して食べていたんです。手も不自由なので、やっと口まで届くんです。

私、とうとうこの時、怒ってしまいました。娘は聞こえていないのに。「毎日毎日、これからどうするの？」って、大声で。

そうしたら、娘が突然、テーブルに突っ伏して目をつぶってしまったんです。眠っているんです。なんだか気が抜けてしまいました。

それが、30分もしてから頭をあげたのですが、「あっ、顔色悪い」と思った瞬間、ゲボッとむせて、口からパンのかたまりを出しました。

その時のこと、考えてもよくわからない。

そんなに長い時間、呼吸が止まっているわけがないけれど、死んじゃってたかもしれないって。学校へ行けなくて心が痛んでいるのは娘の方なのに。命をかけてまで行かなくちゃならないところなんてこの世にはないんだって、心底思いました。

そして、その時に一番助けられたのは、娘が小中学校の時の介護の先生が私にかけてくれたこんな言葉でした。

「あなたのすることに間違いはないから」

くじけている人によかれと思い、「こうしてみたら」と言ってしまうことがありますが、それよりも、こんな言葉のほうがどんなにうれしいことかって、自分がくじけてみてやっと分かるものですね。

娘はその翌年転校し、新しい学校に卒業まで楽しく通いました。

心にゆとりがない時は、何が何でもそこへ行かなくちゃって思ってしまいましたが、ゆとりができると周りを見渡せて、別の世界があることに気がついたんです。

障害のある子を育てていると、「大変ですね」と言葉をかけられますが、障害のないお子さんだって、育てるのは大変なことはいっぱいあるんだなあ、と分かりました。

先生、窓辺は日差しがあたたかです。春、もうすぐですね。お便り楽しみにしています。

今　美幸
２０２３年２月24日

それぞれの苦しみの中で

拝啓　今美幸様
今日はぼたん雪がゆったりと小さな春を連れて落ちてきています。

お手紙の言葉が深く心に沁み、70数年前を思い出させてくれました。

僕は昭和12年生まれです。第2次世界大戦へと国が動き出そうとしていたころです。食糧不足、物不足の中を生き、小学校3年生で戦争が終わってもそれは続きました。毎日が苦しい飢えの中にありました。

なかでも昼休みが、否応なくそれを意識させるつらい時間でした。教室が四つのグループに分かれるのです。

お弁当を持ってきて教室で食べることのできる子、いつも雑炊ばかりで弁当箱に入れることができず家に食べに帰る子、家にも食べるものがなく運動場のブランコの脇に座って時間の過ぎるのを待つ子。そして、家の手伝いがあって学校に来られない子の空いた席。

僕は家に帰る子でした。家に帰る時にじっと、ブランコの脇でうらやましそうに僕を見つめているやせ細った女の子の視線をいつも感じていました。

そんな中でY君は、いつも真っ白いご飯と卵焼きの入ったお弁当を持ってくる子でした。僕はそのころ、白いご飯を茶碗いっぱい食べるというのが夢でした。配給されるお米は少量で、白いご飯はお正月に茶碗半分というのがやっとでしたから。Y君を見つめる自分の目が、あのやせた女の子の目と同じだということに気づいていました。

「坂本、なんでお前弁当持ってこないのよ」

うらやましそうに見ている僕に、Y君がこう聞いてきたことがありました。僕は答えることができませんでした。

自分の貧しさを、どこか恥じていたのだと思います。正直に答える勇気がありませんでした。

ある日、彼は女の子の写真をいっぱい持ってきて机に並べました。

「これ、美空ひばりのブロマイドだ。子どもの歌手なんだ。俺たちと同じ年なんだけど、大人より歌がうまいんだ」

ブロマイド、美空ひばり。初めて聞く言葉です。彼の心の中には未知のものがいっぱい詰まっていました。

不思議な世界を持つ彼を、僕はあこがれをもって見るようになりました。すべてが満たされる夢の世界です。幸せな人というのはこういう人のことをいうのだと、子ども心に思いました。

それをくつがえす事件が起きたのは、高校生になってからのことです。Y君が自殺したのです。別の高校に通っていたので詳しくは分からないのですが、「修学旅行に持っていくカメラを買ってもらえなくて死んだらしい」という噂が流れました。本当のことは分かりません。

当時、カメラを持っている人なんかめったにいませんでしたし、僕はカメラを見たことさえありませんでした。

僕の求めるすべてを持っていると思った人が、死に値するほどの欠落を感じていたことを知ったのです。人がそれぞれの苦しみを溜めている、外からは推し量れない心の深い層に触れたようで、僕は怖くなりました。

佐和子さんが不登校になったとき、「命をかけてまで行かなくちゃならないところはないと思った」とあなたは書かれています。

僕もそう思います。でもY君は、かけてはいけない命をかけてしまった。僕には分からない何かのために。

人生は、重い荷物を背負って坂道を上るようなものだという言葉があります。隣の人の荷物より自分の荷物の方が重いのではないかと思うこともあります。

ちょっとお互いの荷物を交換してみて、「なんだ、自分のより軽いじゃないか」と感じることもあります。けれど、隣の人にとっては耐えがたい重さであることもあるのだと僕は思っています。

でも、今ならY君に大人として伝えることができます。

荷物はおろしてもいいんだよ。

そこに置いてきてもいいんだよ。

ゆっくり休んでもいいんだよ。

「半分持ってください」とだれかに頼んでもいいんだよ。別の道を進んだっていいんだよ。そうできる勇気を「生きる」というんだと思うよ。そうできる意思を持って、僕も生きたいと思うよ、と。

不登校になった時、佐和子さんはその意思表示として、「学校」「行かない」という言葉ではなく、「買い物」「行く」を選んでいます。逃避ではなく、もう一つの道を選んだことに感動します。佐和子さんが言葉を習得する経験の中で育んだ力を思います。

先月、長年乗り慣れた車を廃車にしました。同時に車の運転をやめることにしました。判断力が鈍ってきていることを自覚するようになったからです。

人に言われてではなく、自分の意思で決めました。ふっと大きなものを失った心の空洞を意識しながら。

車がなくなったから、大好きな銭湯へ行けなくなりました。平岸霊園の桜を見に行くことも。

でも、散歩の歩数が増えました。道であいさつする人も増えました。
小さな庭に去年埋めたチューリップとユリの球根、芽を出すかなあ。
春を、お返事と一緒に待っています。

２０２３年３月４日

坂本　勤

本当に欲しかったもの

拝啓　坂本先生

私も去年、玄関前にチューリップの球根を埋めました。でも数日前に、大きな角をもったシカが4頭！　こんな住宅街なのに、リビングの窓の外に現れたんです。すると娘は大喜び！　球根、おいしいそうです。近いうちに食べられちゃうかもしれません。シカがまた現れたら、きっと娘は喜ぶだろうなーと、それはそれで楽しいのですが。

先生、Y君が本当に欲しかったのは、真っ白いご飯でも卵焼きでも、美空ひばりのブロマイドでもなかったのでしょう。

そのとき先生が持っていたものが、Y君にはなかったのかもしれませんね。そして、欲しかったものの重さを確かめるために、カメラを買ってもらわなければならなかったのかな。

「荷物はおろしていいんだよ。置いてきてもいいんだよ」

私もそんな言葉に何度も助けられました。

娘が小さかったころ、学校へ毎日一緒に行き、放課後は通院やリハビリ。家に着くのは真っ暗になったころ。

そして夜は、ぜんそくやてんかんの発作。カレンダーは病院の予定でぎっしり埋まっていました。

もう、心も頭も体もいっぱいいっぱい。足が一歩も前に出ないときがありました。全部投げ出しちゃったら、なんて楽だろうって。

そんな時、病院の待合室で「なんと器量よしの嬢ちゃんだね」って、隣に座るおばあちゃんが娘の頭を撫でてくれて、涙がポロポロと出てしまったことがありました。

「がんばれ」って言われて、泣いてしまったこともありました。

「『がんばれ』って言われてもこれ以上がんばれないのに」っていう人もいるけれど、そんなことはないって私は思います。

言葉って、特別な言葉でなくても、使い古された言葉だって何だって、相手を思えばちゃんと届きますよね。私はそんな言葉がすごく嬉しかった。

今日も午前中、娘のお薬をもらいに病院へ行ったのですが、娘が3歳から20年もお世話になった看護師さんに偶然お会いしたんです。

今は70歳過ぎて、グループホームでお仕事をなさっているというその人が、こんな言葉をかけてくださいました。

「おかあさん、いつも佐和ちゃんのお洋服作って着せて、毎日大変だったのに、えらかったね」続けて、こうもおっしゃいました。

「病院で働いて、あのころのお子さんやおかあさんが元気にしていて、こうして私に声をかけてくれて。あの時間は私の人生の宝だね」

小さな娘を抱く私に、「薄着をさせてもいいけど、背中とお腹を冷やすんじゃないよ」って、そんな言葉をよくかけてくださったことを思い出しました。そんな一言で一日、温かい気持ちで過ごすことができるものですね。

Y君の欲しかったものって何だろうって考えながら、本当のことは分からないけれど、そんなことが思い浮かびました。


もうじき春ですね。こちらは道路の雪がすっかりなくなりました。私は時々、羊蹄山を見に、家から少しだけ歩きます。

先生は、散歩であいさつする人が増えたんですね。私、本に載っている先生の自画像のイラストを見て、ちょっと怖い感じのお顔なのかなと思っていたんです。でも数年前に、「北海道新聞」で帽子をかぶった先生の写真を見つけて、「笑顔！　とっても素敵！」って思いました。散歩中に先生のお顔に出会えた方は、ラッキー！

ご近所さんの梅も桜も楽しみです。先生の春はどんな春かなー。
２０２３年３月９日

今　美幸

想像する思い

拝啓　今美幸様

季節はゆるやかに流れています。福寿草が花をつけました。ふっと、福寿草が新年の季語であったことを思い出しました。北海道では早春の花ですよね。同じ言葉を聞いても違う季節への思いがあり、僕はそれを面白いと思っています。

今日は大好きだった俳句の授業についてお手紙します。

教科書には、

　雪残る頂き一つ国境

という正岡子規の句が載っています。僕は、雪という言葉から受ける印象を、生徒たちに黒板に書いてもらいます。

「白い」「吹雪」「ホワイトアウト」「銀世界」「スキー」「クリスマス」「犬」「雪だるま」「うれしい」「雪まつり」……

全員に書いてもらうので、黒板がいっぱいになります。子どもたちの連想には限界がありません。

「雪残るってどんなイメージかなあ」

「残雪ってこと」

「まだ解けてないってこと」

「他は全部解けてるのにそこだけ残っているっていうか」

「普通は、雪が残る、か。雪は残るっていうのに『は』や『が』をぬかして書いてる。5文字にしたかったんだと思う。周りの山の雪は全部解けてしまって、連なる山の一つだけに雪が残っている。あそこが国境だなあということ」

「じゃあヒマラヤかなあ」

「まさか。昔は信濃の国とか常陸の国とか言ったべや」

「想像するのは自由だもの。どっちでもいいんじゃないの」

「でも、正岡子規は写生の句が書きたかった人だから、外国ではないと思う」

「この句作ったとき、子規は病気で寝ていたって書いてあった」

「想像かなあ」

「雪残るっていうところ、大事だと思う。春をずっと待っていたんだと思う。そして山のてっぺん以外は春、だけどあと1カ所だけ冬が残っている感じ」

「春が来てうれしいっていうことを感じたらいいと思う」

僕は、「へえ、そんなに深く感じるんだ。すごいね」と言うだけにとどめます。言葉の深さを感じること、それは一人ひとり違っていいと思うからです。

でも一言だけ、言葉を投げかけます。

「この俳句、雪が降らないところに住んでいる人はどう感じながら読むのかなあ」

「テレビで北海道の大雪映るから、なんとなく分かるんじゃないかな。何となくだけどね」

「テレビだもんな、実感はわかないさ」

「雪まつりの時、降ってくる雪、顔で受け止めてはしゃいでた沖縄の人いたよ」

「そういう人には『雪残る』って言葉の持つ『雪から解放されて春が来る』という喜びは分からないと思う」

「グラウンドの雪が解けていくうれしさは分からないかもね。サッカーできるようになるってわくわくする気持ち」

「そうかなあ。僕は分かると思うなあ。北海道の人とは違う感じ方でね。もっと深い想像力でね」

僕はこれで十分、授業はできたと思っています。一つひとつの言葉の持つ力と、それを受け止める人の思いの違いに気づくことが一番大事だと思うからです。正岡子規の句を感じ取ろうとすることは、子規の心に近づこうとすること。でも、子規の心は見えません。

雪を見たことのない人も、それなりの想像力で読み取ります。到達点の見えない模索こそが授業だと思うからです。同じ言葉を聞いて、「お前はそう思うのか。僕はこう思うけど」ということ。福寿草が咲くと、早春の風を感じて僕は浮き立ちます。この花を見て新年を感じる人がいるんだなあと思うことが好きです。

先日、古くからの知り合いの音楽の先生方による合唱のコンサートがありました。一番はじめに歌われたのは「故郷《ふるさと》」でした。

兎追いしかの山　小鮒《ぶな》釣りしかの川

僕の心をよぎった山河は、生まれ住んだ家の裏から見える大雪山、そして家の横を流れる湧き水の小川でした。兎を追いかけたこともない山、そして小鮒を釣ったこともない川。

旋律に心をのせて聴いている人の一人ひとりに浮かんだ故郷の山や川は違っていても、懐かしむ思いは想像できます。

その日の帰り、僕は一人ひとりの心に届いた大事なものを感じながら家路につきました。それは今朝、庭の福寿草を見た感じと同じような気持ちでした。

２０２３年３月23日　坂本　勤

それぞれの雪

拝啓　坂本先生
楽しいお手紙ありがとうございました。

生徒さんたち、生き生きしていて、こんなにたくさん意見が出るんですね。

いいなー。ゆっくり言葉を考えると、いろんなことを思いついて、みんなそれぞれに違った情景が心に浮かぶんですね。

雪……私は何だろう。

うーん。ありきたりの言葉しか浮かばない。

私、ひとつだけ覚えている短歌があるんです。


　里芋や蒟蒻逃げてザマアミロ リューマチの箸諦め早し

もう、すごく前に新聞に載っていた北見の女性の作品です。高齢の方だったかな。

小鉢の中を転がって逃げる里芋と蒟蒻《こんにゃく》に、「逃げるのか、それなら食べてやらんぞ」って。「北海道の女たちは強いんだぞ」って。

好きだなーと思います。

里芋は秋の季語ですか。でも北海道では雪のころかな。


雪……思い出しました。

中学生のころ、学校の隣に「どんぐり林」と呼んでいた雑木林がありました。雪が降ると、放課後に友人たちと、どんぐり林へ一目散に走るんです。セーラー服に長靴で、思いっきり走ります。走っているだけなのに、もうおかしくておかしくて。カバンを投げ出して、着いた順にまっさらな新雪の上に大の字になって、後ろ向きにバタッ。楽しくて楽しくて。笑ってばかりで、キャーキャー笑って笑って。雪の上、笑い転げて。冷たくなんかなくて、笑い疲れたら青空見て。みーんな何を考えていたのかな。きっとなーんにも考えず、「おなかすいたー」くらいかな、思い浮かぶのは。ときどきエゾリスみつけたりして。

私、おしゃべりなので、十七文字にはまとめられそうにないです。

娘は、雪…といえばやっぱり「そり」です。初雪が降ると、窓に顔をくっつけて、その目が「キラッ」と光ります。

そして、じてんで「土曜日」「イオン」と指します。

「買い物」「てぶくろ」と続きます。

娘が小さかったころは、学校で大きな赤いそりに、6人くらいで大騒ぎをしながら乗りました。私も乗りました。楽しかったー！

いま娘は、そり遊びより、そりの準備が好きです。

固く握ったままの自分の指で、じてんを1ページずつ開いて言葉を探します。娘は、言いたい言葉を指差しするまで時間がかかります。朝、迎えに来てくれた通所施設の職員さんはゆっくりゆっくり、待ってくれます。

「そり」と指し、そりを持っていきます。

「てぶくろ」「ぼうし」「マフラー」と、毎日すこしずつ持っていきます。

通じることがうれしい。話せることがうれしい。まわりの人には大した言葉でないとしても、娘にとってはゆずれないことです。

心の中に、たくさんの言葉はあります。そして一つの言葉には、いっぱい言葉の風景があるんですね。

「あかい」「そり」「たぬき・いっしょ」「おかあさん」

頭をひねり、風景を考えながらの十七文字です。

それぞれにちがう「雪」。羊蹄山も駒ケ岳も、まだまだ真っ白です。ご近所さんが「春だよ。忙しくなるよ」って。冬でもなく、夏でもなく、春が来ると忙しいって、なんだかいいですよね。

２０２３年３月30日

今　美幸

軽さと怖さ

拝啓　今美幸様
寒さが行ったり来たりしています。今日は分厚いダウンジャケットを着て散歩しました。それでもクロッカスは咲きました。

赤いそり　たぬき・いっしょ　おかあさん

お母さんと一緒に赤いそりに乗って滑っている佐和子さんのわくわく感が面白いです。たぬきがいいですね。いっぺんにファンタジーになります。

僕の連想。

赤いそりは、うちの娘が小さかったころに買った白いひも付きと同じもの、たぬきはおなかの膨らんだぬいぐるみ、そしてお母さんは『さわこのじてん』の中にあった今さんの写真、佐和子さんも本の中の笑顔……

想像は自由に膨らみます。言葉は無限の広がりを持っています。読み手の心のままに。

教員になって2年目に、バス学習がありました。当時は学級の人数が多かったので、補助いすを出さなければ座れないほどでした。その座席を決める時にひと悶着あったのです。

新米の僕は気がついていなかったのですが、みんなに嫌われている子がいて、その子の隣が誰になるか、もめていたのです。そして、昼食の時間みんなでじゃんけんを始めたのです。

僕には単純な遊びとしか見えていなかったのですが、最後に負けたY君が「なんで俺があいつの隣に座らなくちゃならないんだ」と叫んだ時、僕は初めてそれが何のためのじゃんけんであったかに気づいたのです。

「そんなバカなことを決めていたのですか。恥ずかしくないのですか。そんなことは許しません。今回は出席番号順に座ってもらいます。クラスの仲間はみんな友だちです。優しくいたわりあって生活するのが学級というものです。優しい心を持ちなさい」

僕は自分に言える精いっぱいの言葉で、湧き上がる怒りのようなものをぶつけていました。出席番号順の座席は神様のいたずらのように、Y君が、嫌っていた子の隣に座ることになったのです。

当日は、曇天のじめじめした天候でした。バスは山道を登り、曲がりくねった道を進みます。何人かの子が酔いそうになっています。急カーブを曲がったときでした。「先生、Y君が吐きそうです」。Y君の隣に座っていた男の子が叫びました。僕は新聞紙をもって立ち上がりました。補助席の生徒を立たせながら行くので時間がかかります。「今すぐ行くから」と言った時「アッ！吐きます」と男の子は声を上げました。男の子はぱっと、自分の手をY君の口元に持っていきました。その手の中にY君は吐いたのです。

誰も口がきけませんでした。男の子は知っていたはずです。みんなが自分を嫌っていたこと、その中心がY君であったということを。

僕は男の子の手を新聞紙でぬぐいながら、「ありがとう。僕が隣に座っていても君のようなことはできなかったと思います。ありがとう」と言いました。自然に涙があふれてくるのを、僕は止めることができませんでした。

ここまでは『タマゴマンは中学生　入学編』に書いています。でも、その後の部分は恥ずかしくて本に書くことができませんでした。「ありがとう」と言った僕の言葉にかぶせるように、男の子はこう言ったのです。

「先生がみんなに優しくすれって言ったから」

僕は誰よりも汚いものが苦手です。もし隣に座った子が吐きそうになっても、新聞紙を出して「この中に吐きなさい」と横を向きながら渡すような気がします。それが僕の優しさの限界です。僕が子どもたちに求めたのは、自分にもできるその範囲でのものでした。でも、彼の行動はそれを超えていたのです。

僕は、自分の言葉の軽さを思いました。高いところから命令でもするように発していた言葉の無責任さを思いました。抽象的な言葉の持つあいまいさと怖さも思いました。

「優しい人になりなさい」と言いながら、自分は同僚に優しいか、周りの人に優しいか。「廊下にごみが落ちていたら拾いなさい」と言いながら、拾っていない自分。

その日から僕は、教員として子どもたちに発する言葉に慎重でありたいと思うようになった気がします。自分のできる範囲にとどめる言葉。「優しくしなさい」ではなく、「優しくできたらいいね」、「ごみは拾いなさい」ではなく「拾えたらいいね」と。

心は言葉でできていると僕は思っています。言葉が心をつくり、心が言葉を育むとも思っています。「さわこのじてん」は、まさにその土壌そのものだと思っています。

ことばは、限界のない自由の中で広がります。自由な広がりは、思わぬ方向へ飛んで相手に届くことがあることを、今も恐れています。

佐和子さんのたぬきはぬいぐるみじゃなくて、耳付きの毛糸の帽子かなあ。それとも、ダウンジャケットの背中に描かれたたぬきのイラストかなあ。

いっぱいいっぱいっぱい想像が膨らみます。

またのお便り待ってます。
２０２３年４月２日

坂本　勤

たぬきとクマ

拝啓　坂本先生
今日は青空です。

そり……先生の想像通りです。たぬきは残念！　はずれです。

ある日、娘が通う施設へ行くと、男性職員さんが「お母さん、佐和子さんが僕のことを『たぬき』ってじてんを指すんです。僕、たぬきに似てるって妻に言われてて、佐和子さん鋭いですよね」って。職員さんの顔を見ると、確かに丸い優しい垂れ目。ちょっとたぬきに見えてきて、失礼なのに笑ってしまいました。

私はそんなとき、言葉ってすごいなあって思います。そこに私がいなくても、いない時のことを伝えられる。これから先のことや思っていることも伝えられる。

じてんがあると、私と娘は言葉でつながることができます。

じてんを見てもらった方からこんな感想をいただいたことがあります。

「話すことができない人に職場で出会いました。相手の気持ちを知りたいのに知れない悲しさがありました。今日、『さわこのじてん』を見て、絵や言葉で気持ちを知ることができるとわかりました」

話すことができない方を、学校や病院、いろいろなところで私も見てきました。もし自分が1時間でも話すことができなくなったら…と考えた時に、じてんを誰かに見てもらいたいなと思いました。

心の中の思いを伝えられるって、すてきなことですよね。「みんなに優しくすれって言ったから」って思い続けていた彼の心も。

私は娘と歩いていると、知らない方が声を掛けてくれたり、手を貸してくれたりします。でも、自分はそれほど人に優しくしているかなあと考えると、恥ずかしくなります。

先生の「優しくできたらいいね」は、優しくてあたたかい言葉だなあって。お手紙を読みながら、その彼はいま幸せなんじゃないかなって、ふと思いました。きっと明るくてあたたかいところにいるような気がします。

先日、「北海道新聞」朝刊の「北のうた暦」に「幸せになれそうな町に越してきて」という短歌の言葉を見つけたんです。「幸せになれそうな町」ってどんなところかなって考えました。穏やかな風が吹いていて、おいしい匂いがするのかな。町の人は丸いお顔で笑ってる。

娘が通っていた学校では、冬になるとスキー学習で登別へ行っていました。みんなはリフトに乗って高い所へ行きます。でも娘はそり。リフトに乗った友達は、ストックを片手に、下にいる私たちに手を振ってくれるんです。

私、ある時、先生に「1回でいいから、娘もリフトに乗せてみたかったなー」って、つい言ってしまったんです。そしたら先生が「よし、行くぞ」って。身長120センチで、座ることすらできない娘を抱いて。

先生と娘の乗ったリフトが斜面を上っていって、そのうち2人の姿が見えなくなって。私はもうドキドキしながら、真っ白い雪面を見ていました。

するとクマみたいなお顔をした先生が眉毛を八の字にして、娘はその先生の足に挟まれて、ずっと高いところから滑り降りてきたんです。

その時の娘の顔。忘れることができない。幸せってあんな顔かなって。強い風があたっているのに、もう満面の笑顔でした。

たった一度のスキー体験でしたが、とびきりすてきなものでした。

その後、高校でまたその先生にお世話になって、卒業式にわざと明るく「先生、あの時ありがとうね！」って言うと、「そんなこと言うな。泣けてくるべや」って。

いまその先生は、道東にある障害のあるお子さんの学校でスポーツを教えています。

窓の外は春の日差しなのに、またそりのことを書いてしまいました。先生は、幸せの風景ってどんなことを思いつきますか。いつか教えてください。

2023年4月10日

今 美幸

幸せって

拝啓　今美幸様

そうかあ。たぬきは、施設の職員さんのことだったのですね。イメージが浮かびます。なんだか似顔絵が描けそうです。

丸顔で目がくるっとしていて、優し気な垂れ目、いつもちょっと笑っている口元。ぷくっとお腹が膨らんでいて動きにくそうなのに、なんでも面倒がらずに頑張ってやってくれて、そりを押しているとすぐ額と首に汗をかいてしまうといった様子まで。

佐和子さんは、そんなたぬきさんや、くま先生の優しさをいっぱいもらって、幸せな生活を送ってきたのですね。

僕の幸せの風景を教えてくださいというご質問でした。今も思い出す母の口癖は、「私は幸せだ。ありがたい」というものでした。

旭川に住んでいた母は、90歳を超えてからも一人でジェーアールに乗って札幌まで遊びに来ていました。列車に乗るところまで兄がついてきて、札幌の改札口で僕が待っているという段取りです。そんな時、母はいつも3、4人の若者に囲まれて降りてきました。荷物は若者に全部持たせて、にこにこ笑いながら。

「列車の中でお友達になった人。これ息子」

「ああ、札幌で先生しているっていう」

僕は「ああ、また余計なことを話して」なんて思い、ちょっぴり不機嫌になっている時に、「若い人に親切にしてもらえてありがたいわ。幸せだ」なんて笑顔で言われると、むきにもなれず苦笑してしまうのです。

結婚前、小さなアパートで僕が自炊している時、母は遊びに来て炊事をしてくれました。職場からの帰りに市場の前を通ると、魚屋さんのおじさんによく声を掛けられました。

「先生のお母さん、今日の昼、家に来てお茶飲んで帰ってくれたよ」

隣の果物屋さんのおばさんも、おかずやさんの店員さんも、一度話をしただけで友達になっていました。

「お友達になったからまけてくれたさ。ありがたい。幸せだ」。ちゃっかりもしていました。

母は若くして夫を亡くし、9人のこどもを育ててきました。決して幸せとは思えない状況を生き抜いてきた人です。

そんな中、いつも家には近所の誰かが来ていて、楽しそうにお茶を飲んでいました。畑仕事は

3時ころに起きてするのです。昼の時間を楽しむために。

おしゃべりをすることが楽しかったのだと思います。そして誰よりも人間が好きだったのだと思います。本人はもちろん、そんなことは考えていなかったと思いますが。

あなたに「幸せの風景は」と聞かれてぱっと頭に浮かんだのが、改札口に若者たちと笑いながら歩いてくる母の姿でした。電車に乗るまで、いや、隣の席に座るまでまったく知らなかった人たちと、昔からの知人のように笑い合い、話し合える空気そのもの。

坂本先生の「自分が笑ったら、隣の人も笑ってくれる」という言葉がすてきで、すごく心に残った。自分が笑顔でいたら、みんなも笑顔になれたら幸せだと思った。（中2男子）

「みんなの話聞けてよかったです」っていう坂本さんのやさしい顔が印象に残っている。面白い話をたくさん聞けてよかった。（中1女子）

坂本さん、ありがと。めっちゃ楽しかった。（中1女子）

日高の中学校で全校道徳の授業をした後、全員の感想を送っていただきました。一番うれしい言葉は「めっちゃ楽しかった」です。

僕は、面白い授業をしたいと思ってきました。1時間の中で全員が大爆笑するような瞬間のある授業をしたいといつも思っていました。だから、教材研究は「落ち」を作ることを心掛けていました。一緒に笑うという幸せ感は、何物にも代えがたいものだと今も思っています。だから、分からないことも面白く言ってほしくて、分からないときは「わかりませんだみつおって言ってほしい」、考え中の場合は「考え中華まんじゅうって言ってね」と話してきました。

先日、千歳でPTAの講演があった時にこの話をしました。講演の最後に、校長先生が謝辞を述べてくださいました。その最後に校長先生は、「感想をうまくまとめることができませんだみつお」と真顔で言われたのです。会場は大爆笑になりました。僕は幸せな気持ちになって帰路につきました。

幸せだから笑います。笑っているから幸せになるのだとも思います。

またお便りします。

2023年4月16日

坂本　勤

遠足は夢の中

拝啓　坂本先生

きっと、あったかい。フワフワしている。ふっくらしているのかな。目を細めて笑っている。後ろからくっついてみたくなりました。

「私は幸せだ。ありがたい」とおっしゃった先生のお母さまを想像してみたんです。

「『とうきびゆでたよ』という母の声。玄関を開けるとあの甘い、なつかしい匂いが広がる。僕たちが夢中でほおばっているのを見る母は幸せそうだった」と本に書かれていましたよね。

私、娘が中学を卒業するころ、先生に「障害の重い娘がこれから生きていき、幸せだなあって感じる時はどんな時でしょう」って聞いたことがあるんです。

先生は少し考えて、

「とうきび、ゆでるんだ。湯気があがったとうきびを佐和子がだれかと並んで食べる。佐和子が『おいしいねー』って、隣にいるだれかに伝える。そしたらそのだれかが『うん。おいしいねー』って答える。そんなときかなー」って。

とうきびの甘い匂いには幸せが詰まっているんですね。

その先生が、数年前にお母さまを亡くされた時にお手紙をくださいました。

生前、母の名言（迷言？）を度々聞かされました。「私、今まで生きてきてホントに大変だと思うことは何回もあった。困ったなということもあった。だけど不幸だと思ったことはない。いつも何とかしなければと思って過ごしてきた。気がついたら90だもの」

何だかその言葉、素直に私もいつかそう言いたいなあって思いました。

「笑っているから幸せ」。確かにそうですね。お腹痛くて苦しい時、笑えないもの。

私、数年前に何だか体の調子が悪くて、病院へ行くほどでもないのですが、何だかスッキリしなくて。

どうしようかな、やっぱり病院へ行こうかなと思っていた時、テレビのお笑い番組を観たんです。最近はテレビに出なくなった方で、司会とかしていた芸人さん。それがおかしくておかしくて、涙が出るほど笑っていたら、アレ、体がスッキリ晴れたよう。そんなバカなと思いましたけれど。

それからは、そのお笑い芸人さんは私の恩人です。

娘もよく笑います。寝ている間に、突然「クックックック」と始まります。それが、だんだん「ヒーヒーッ」って、息をするにも苦しそうに笑うんです。きっと何か楽しい夢を見ているんですよね。どんな夢を見ているのかなって、娘に聞きたくて聞きたくて。でもなかなか「夢」という言葉の意味を教えられなくて。娘のように、聴覚にも知的にも障害がある子には、目の前になくて、物の名前じゃない言葉を教えるのは難しいんです。

それで朝、娘が夢を忘れてしまわないうちに、大急ぎで布団のなかにスケッチブックを持っていって、絵を描いてみました。

娘が布団の中で目をつぶっている絵。頭を大きく描いて、「ここには何があったの？」って聞いてみたんです。

そしたら、じてんで「えんそく」って。

うれしかった。遠足、行ってたんだ。いつも娘の荷物を持ってくれる千鶴ちゃんと有希ちゃんや泰子ちゃんは、きっと娘の横を歩いていたんだ。

きっと青空で、芝生の上をみんなでごろごろ転がって笑っていたのかな、なんて。

よし、いつか続きを聞いてみようって思いました。

先生、札幌はもう桜が満開ですか。こちらは窓の向こうに小さな山があって、桜の木が20本くらい見えます。枝先がピンク色になってきました。

私も遠足、行ってみようかな、なんて考え中華まんじゅう。

またお便りください。

２０２３年４月24日

今　美幸

それぞれの夢

拝啓　今美幸様

佐和子さん、夢の中で笑うんですね。うらやましいです。

僕は怖い夢しか見ないんです。退職した今も。授業に行ったら教室に生徒がいない、修学旅行の時、バスで出発した後に生徒が1人いないことに気づく……。そんなことは実際には起こらなかったのですが、いつも、そうなったら大変という恐れをもって仕事をしていたのだと思います。僕は2度もベッドから落ちたことがあるんです。夢の中で生徒を追いかけて。命を預かっている仕事だから、毎日緊張していたのだと思います。

あなたが、眠っている佐和子さんの夢の中身を知りたいと思ったのと同じように、生徒たちの顔色や、ちょっとしたしぐさの中にある意味を知りたいと僕は思ってきました。僕はそのために、一日に一度は全員の子どもたちに声掛けをしようと決めていました。朝の学級会の残り時間の5分、給食時間とその後、放課後の当番の時間……。その中で40人に声を掛けるのは大変です。1分ずつでも40分かかります。そんな時間は実際にはないのです。だからこんな声掛けになります。

「困ったことないかい？」「部活楽しいかい？」「苦手教科は何かな？」「給食は何が好き？」

子どもたちは「ない」「面白い」「カレーライス」なんて一言で答えます。ほとんど意味がないやりとりに見えますが、心のどこかに触れて心を開くきっかけになるかもしれない。何も声を掛けないよりはいいと思ってやってきました。

それでも、「『今日先生と話したさ』と子どもはうれしそうでした」と教えてくれたお母さんがいます。「自分の子どもは見捨てられてはいない」と思えるのかもしれません。

教室の小さな出来事にも心配りが必要です。

1年生の担任の時、朝の会で「自分のニュース」という時間を作って1人ずつ話をしようということになりました。クラスにはC子さんという人前で話すことの苦手な子がいます。いつも目を伏せている子です。これがきっかけで不登校になるかもしれないという不安がありました。

「紙を見ながら話してもいいことにしようね。話の苦手な人もいるからね。それから、2人で話してもいいことにしよう。1人じゃ恥ずかしいという人がいるかもしれないから」

誰から話すかという時に、窓側か廊下側かということになり、じゃんけんをして負けた方の列からになりました。窓側の2番目がC子さんの席です。窓側から始めるのは難しいと、僕は思いました。

「じゃんけんで負けた人が責められたらかわいそうだから、僕のおまじないで決めよう」と提案しました。

「どちらにしようかな　かみさまのいうとおり」という例の決め方です。僕は始まりの「ど」を廊下側にしました。最後の「り」は廊下側になりました。このおまじないは、始めた方に当たりがいくことになっています。ちょっとしたずるでした。

この時の「自分のニュース」は結構楽しく進みました。2人で話す組も何組かありました。C子さんには前の日、自分のニュースを紙に書いてもらいました。

「地震にあった人がかわいそう。お小遣いを寄付したいとお母さんと話しました」と書いてありました。当日、C子さんは前に出ては来ましたが、声に出して読むことはできませんでした。

僕はC子さんの紙を横から見ながら言いました。

「地震にあった人がかわいそうだと思ったんだね」

「うん」

小さくC子さんは答えました。「僕も同じだよ。そしてお小遣いを寄付したいと思ってるんだね」。「うん」。「僕はそこまで考えなかったよ。C子さんみたいに、みんなが被災者の方々に何ができるかを考えたいね」と言って終わりました。それがきっかけでクラスで募金が始まり、赤十字に寄付することになりました。

でも、それからC子さんの何かが変わったわけではありません。眼を伏せている時間が減ったと僕が勝手に思うことにしただけです。

遠足の夢を見たと言ってゲラゲラ笑った子、お母さんとケンカしてイライラしながら眠った子、返してもらったテストをかばんの中に入れたまま寝て叱られた夢を見た子……。それぞれの夢を見た40人の子どもたちが、毎朝「おはようございます」と声をそろえて登校してきているのだということを忘れないでいようと、いつも思っていましたよ。

満開を迎えた近所の公園の桜。花吹雪です。お便り楽しみにしています。

２０２３年４月29日

坂本　勤

母の思いは重いですか？

拝啓　坂本先生

お手紙ありがとうございます。40人の子供たちと先生に満開の桜が重なって、明るくて穏やかな風が吹いてくるようでした。

先日、「北海道新聞」の「朝の食卓」にこんなコラムを書きました。

娘の佐和子は音が聞こえていません。話せず、立てません。知的に遅れもあります。（中略）私は娘と話したい。話したい。心の中に詰まった思いが言葉になって出てくるのを私は聞きたい。そんなことを考えていましたが、障害はなくならず、32年がたちました。

秋のある日、娘は白いはがき大の紙にマスキングテープを貼っていました。手が不自由なので、ハサミは使えません。より不自由なほうの左手は指を固く握ったままでテープを押さえ、右手で何とか引っ張りちぎります。貼るのは左手の甲も使います。長い時間がんばっていました。

そしてその紙を「どうぞ」と私に差し出します。娘は知っている言葉が書いてある本を開き、「にじ」という言葉を指しました。テープが七色に貼ってありました。

娘がくれた贈り物です。

これを読んでくださったお母さんから連絡をいただいたんです。「どんなふうにコミュニケーションをとっているのか教えてほしい」と。

同じころに偶然知り合った別の方がわが家の玄関に置いてある赤い車いすを見て、「うちの子供にも障害があります。でもコミュニケーションが心配で」とおっしゃいました。

おふたりともコミュニケーションという言葉を使いました。どちらもこの春、お子さんが小学校へ入学するといいます。

娘に障害があることがわかったのは1歳と少しの時でした。はじめは耳が聞こえていないことがわかりました。

耳鼻科の医師は「聾学校の教育相談へ行って、少しでも早く補聴器をするように」とすすめます。

当時私たちは北海道の東の端の根室市に住んでいて、一番近い釧路聾学校は120キロも先でした。車の運転ができなかったので、途中にある厚岸町に住む叔母が朝早く迎えに来てくれて、釧路まで連れて行ってくれました。教育相談には、さらに遠く網走から来ている親子もいました。

いま思うと、小さな子供を連れて通うにはとんでもなく遠い。でも親は「何かしなくちゃ」って思うんです。必死なんですよね。その学校へ行けば聞こえるようになるって思ってしまうんです。

そこで初めて佐和子が補聴器を着けた時、「これで聞こえるようになるんだ」って、うれしくてうれしくて、小躍りしたくなるくらい。

でも、そうじゃなかったんです。後ろで手を叩いたり、「さわこー、さわこー」って大声で呼んでみたり。全然ダメでした。その子によって違いはありますが、佐和子は聴覚の障害も重くて、ほとんど何も聞こえませんでした。

叔母はがっかりしていました。それでも、叔母は次の週もその次の週も、私たちを迎えに来るんです。できることが何か一つでもあったら、それにかけようとするんです。叔母は、夜遅くに私たちを根室の家に送り届けると、また一人、厚岸まで帰っていきました。

そのうちに、娘には他にも障害と病気があることがわかり、大きな病院や聾学校がある室蘭に引っ越すことにしました。

そこでも私は、何かコミュニケーションの手段がないかと、室蘭聾学校へ向かいました。3歳の娘を抱いてバスで1時間。学校までの1キロの道には八重桜が咲いていていました。

そこですばらしい先生たちにめぐりあうことができ、楽しい学校生活が送れて、「じてん」というコミュニケーションツールができました。そのおかげで、娘の心の内のあふれる思いを知ることができました。私の思いを娘に伝えることもできます。

コミュニケーションを心配するおふたりのお母さんは、「学校へ行くようになったらきっと……」と、学校への期待を口にしていました。

先生、どんな子のお母さんも、多かれ少なかれ、そうやって学校への期待を胸に子供を学校へ行かせるものでしょうか。

そんな母の思いは、先生たちにとっては、もしかしたら重すぎるものでしょうか。

それでもどうか、おふたりの思いを先生たちが受け止めてくれますようにと、心から私は思いました。

5月にしては、今日は暑いくらいです。

2023年5月19日

今　美幸

希望を灯す

拝啓　今美幸様
ライラックの季節になりました。風に乗ってふっと香り立つ札幌の初夏を告げる花です。僕は元気です。

今回は難しい質問を含んだこんなお手紙でした。

（障害があって）コミュニケーションを心配するおふたりのお母さんは「学校に行くようになったらきっと……」と学校への期待を口にしていました。そんな期待は、先生にとって重すぎるものなのかと。

お返事を考えながら僕は、コミュニケーションという言葉を、書き言葉としても話し言葉としてもほとんど使ったことがなかったことに気づきました。あわてて辞典を引いて調べたほどです。それでも難しかったので、「言葉や自分の表現で気持ちを伝えること」という風にとらえて考えることにしました。

僕は『さわこのじてん』を読んで、今も、とげのように心に突き刺さって抜けない部分があります。札幌から室蘭にやってきたドクターたちについて書かれたところです。

佐和子さんを診察した後、年配の先生はこう言います。

「歩くことができないですね。お座りもできないですね。物を持つこともできないですね。記憶力もない。聴力も悪い。話すことも難しいでしょう」

できない、できないがいっぱい並んだ。

あなたはその後、道端のススキへ手を伸ばして思うのです。

「きっとあの先生は、家に帰ったらお風呂に入って、それからビールを飲んで、そしたら言ったことなんか忘れちゃうんだろうな」

そう思ったら涙が出て、佐和子さんを抱きしめたと。でも、その後のアヤちゃんの言葉に救われるのですよね。

「でもさわちゃんは、笑うことができるもんね」という一言。

何度読んでも、この部分を読むと涙が出ます。絶望と悲しみと怒りと、そしてアヤちゃんによって灯された、ほんのりとしているけれど確たる希望。

どの先生も、子どもたちの思いを受け止めたい、お母さんたちの願いを受け止めたいと思っています。冷徹に見える眼で、まずは客観的にとらえてみたいと思う先生もいるかもしれません。

しかしその眼をスタートにして、親や、可能性を含んだ子どもたちの思いを受け止めようと考えます。

僕は養護の教員の資格を持っていませんので、自分の意思を伝えることのできないお子さんも、障害を持ったお子さんも担当したことはありません。それについてお答えできる言葉もありません。

中学1年生の担任になった時です。4月、初めてのPTAの会合に、S君のお父さんが参加されました。

「妻が半年前に亡くなり、父子家庭になりました。でも普通に普通に、子どもには接していきます。先生も、心に留めておいていただくだけで結構です。他の子と同じように接してください」と言われました。S君は素直で、何にでも全力で取り組む生徒でした。

合唱コンクールの時でした。自由曲は学級で選びます。生徒たちは「一日に何度も」という曲を選ぼうとしました。僕は曲が決まりそうになった時、「ちょっと待って。もっといい曲があるかもしれない。僕にも考えさせてね」と生徒たちに話しました。

この曲は、お母さんへの感謝を高らかに歌い上げる曲です。僕はS君のお父さんに曲の内容を説明し、この歌をみんなと一緒に歌わせていいかどうか考えてもらおうと思いました。

お父さんはこう言いました。

「あの子は、母親が亡くなってから一度も、母親のことを口にしたことがありません。でも、夜中に部屋から、しのび泣くような声が聞こえてきたことが何度かありました。我慢しているんだと思います。僕はあの子に、つらくても大声で、腹の底から精いっぱい『お母さん』と叫ばせてやりたいと思います。ですから、歌わせてやってください」
そして合唱コンクールの日、お父さんは学校にやってきました。

おかあさん
おかあさん
一日に何度も
おかあさん
おかあさん
あなたの名を呼んで
月日が流れる
小さな悲しみも
あなたに告げて
小さな喜びも
あなたに告げて

わたしたちは育った
おかあさん
おかあさん
……

S君は口を大きく開け、指揮者を見ながら堂々と歌っていました。後ろの席には、うなずきながら涙をぬぐうお父さんの姿がありました。

きっと、お父さんの思いはS君に伝わっているだろうなと僕は思いました。この曲にしてよかった。お父さんの考えを聞いてよかったと思いました。S君のお父さんは、アヤちゃんが灯した希望と同じ灯を持っていたんだと、いま思います。

庭のスズランの花を見ていて、ふっとS君の「おかあさん　おかあさん」と歌う姿がよみがえりました。

難しい質問、答えになりませんでした。ごめんなさい。
これからも考え続けます。お便り待ってます。
2023年5月28日
坂本　勤

同じ未来へ向かって

拝啓　坂本先生

お手紙ありがとうございます。

朝、玄関前でウグイスの声に耳を澄ませていたら、通りがかった男の人がこう言いました。「ウグイスの次は山鳩のデッデーポッポーっていう声が聞こえてくるよ。『そろそろ豆蒔けよ』って鳴くんだ」

「母の思い」……そうですね。

娘が聾学校小学部に入学した時、先生たちはベテランぞろいではなかったことに、いまさらながら気がつきました。

でも、子供や私たち親の思いを受け止めようとする若くていい先生がたくさんいました。ある先生は、「『この子たちをこれからどうしよう』って夜、布団に入ってからも頭に浮かぶんだ」と言っていました。

2人の男の子の担任をしていた先生がポツリとこう言いました。

「彼らがどんな人生を送るのか、心配でならなくなる。できれば卒業までずっと受け持っていたいと思うこともある。でも、やっぱり一期一会なんだな」

私は娘が小学部に入学してから2年間、毎日教室で一緒にいました。聾学校では親と子の意思疎通を一番に考えます。私たち親子にはそれが必要なことでした。

「大変だったでしょう」と言われることもあります。でも私は、「学校って、子供って、こんなに楽しいものなの？」と思うようになっていました。

地域の小学校との交流行事があると、私もついていきます。はじめ、小学校の子どもたちは、聾学校の子を不思議そうな顔して遠巻きに見ているんです。中には、他の子の後ろに隠れてコソコソ指差しをしている子もいます。そんなとき先生たちは、聾学校の子と、それは楽しそうに遊ぶんです。すると徐々に、小学校の子たちが間に入ってくる。子供の心っておもしろいなあと思いました。

学習発表会も体育祭も、練習では先生にたくさん叱られます。娘は先輩たちにも叱られる。「真面目にやれ」って。でもどんなに叱られても、その人のことが好きだから頑張ろうって思えるんでしょうか。娘はいつも、みんなについていきたくて、目をキラキラさせていました。

毎日先生たちと一緒にいると、子供への思いがかみ合わず途方に暮れることもあります。そんな時、ある子のおばあちゃんに、「たまには『この子を助けてください。私たちは先生の力を必要としているんです』と言って先生の懐へ飛び込んでごらん」と教えてもらいました。

私は、娘の学校へ行きたくないと思ったことは一度もありませんでした。自分の子どものころを考えると不思議な気持ちになります。学校は好きではなかったし、先生も苦手。行事なんか、なんとか休む方法はないかと考えていたのですから。

娘が小学校を卒業してから20年近くたって、先生たちに再会しました。皆さん頭が白くなっていたり、お腹が丸くなっていたり。でも、ただただお互いが元気でいることがうれしくて、手を握り合いました。そして、娘が座った車いすを押す子供たちと、先生たちと、手つなぎ鬼をして体育館を走り回ったことを思い出しました。

長い年月を経てこうして気持ちが確かめ合えたのは、「親の思い」と「先生の思い」が一緒で、同じ方向へ走っていたからなんでしょうね。

先生からのお手紙を読みながら、アヤちゃんのことを思い出しました。今どうしているかな。きっと優しい大人になっていますね。S君と、S君のお父さんも、幸せに暮らしていますよね。

希望の灯――。「いつも下ばかり向いていたら、目の前にある灯りに気がつかないよ」と教えられたことがあります。

私は、下も後ろもいっぱい見てしまいますが、アヤちゃんが灯すあかりに気がついてよかった。

もう6月ですね。お手紙楽しみにしています。
2023年6月5日

今　美幸

届かぬ思い、支える言葉は

拝啓　今美幸様

白いツユクサが咲きました。青い花を咲かせるものが多いのですが、友人からいただいた珍しいものです。狭い花壇がいっぱいになるほど繁殖しますので、ちょっと嫌がられることが多いのですが、切り花にすると凛とした葉の線が美しく、大好きな花です。個展の作品に毎回登場しています。

20年ぶりに佐和子さんの小学部の時の先生方に会われたのですね。同じ方向を向いた「親の思い」と「先生の思い」を、佐和子さんは受け止めて走ってきた。

僕には、思いを受け止めることのできなかった悔いを、50年たった今も感じている生徒がいます。

当時札幌市は人口の増加が止まらず、生徒が増えて毎年学級編成をするということが多くありました。中学校では1年生の終わりでクラス替えをし、2年生、3年生と持ち上がるのが普通でしたが、3年生になるときにもクラス替えしなくてはならないほど人数が増えていたのです。

　僕は転勤してすぐ3年生の担任になりました。子どもたちのことがよくわからないままに修学旅行、体育大会などの行事に取り組みます。素直な生徒たちでしたので、あまり困ることもなく乗り越えることができました。

　合唱コンクールという行事が、秋の終わりにあります。音楽の好きなクラスでしたので、指揮者や伴奏者もすぐに決まりました。指揮者は立候補ではなく推薦でしたが、B君は素直に受け入れ、練習が始まりました。僕にはうれしそうにも見えました。順調な滑り出しでした。

　学級代表が「並ぶぞ」と言うと、さっと並びます。B君はみんなの前に立ちます。ところがです。B君はいくら待っても、もじもじして指揮棒を振り下ろさないのです。

　照れくさいんだと僕は思いました。みんなもそう思ったのでしょう。じっと待っています。2分ほど待ったでしょうか、指揮棒が下ろされ、合唱が始まります。

　的確な指揮でした。ところが、その2分間が毎回続くのです。その時間はとても長く感じられました。

　僕は思いました。彼は、自分の心の中にイメージが膨らむまで心が高揚するのを待っているんだと。想像もつかない能力を持った子なのだと。

　そう思いつつも、「早く始めろよ」と心の中で怒っている全体の眼も感じます。誰もそれを口にはしませんでしたが、次第に空気が重くなりました。僕は、次第に子どもたちのいら立ちの方に自分の心が傾いているのを感じていました。

そんな空気の中で練習したのに、学級は最優秀賞に選ばれました。みんな大喜びして指揮者や伴奏者をたたえました。

しかし、翌日からB君に変化が見られるようになったのです。僕と目を合わせるのを避けるようになったのです。次第にクラスの仲間から離れようとしているのが分かりました。「困ったことないかい」などと声を掛けても「ありません」と素っ気なく返事をするだけです。

3学期になると、ますますそれは強くなっていきました。3月になり、間近に卒業が迫っても続きました。

卒業式の前に、家族に感謝の手紙を書くという時間を作りました。彼は「先生が嫌いだ」とだけ書いていたと、あとでお母さんから聞きました。

卒業式のあと、最後の学級会では、僕は一人一人に言葉を掛けるようにしていました。

「君は体育大会の時にみんなを引っ張ってくれたね。すばらしい力だったよ」

「君のジョークでいつも教室を明るくしてくれたよ。ありがとう」

なんていう言葉です。B君の番になりました。

「ごめん。君の気持ちを分かってあげられなかった。本当にごめん。つらかったろうと思います。何もできませんでした」

言葉が続きませんでした。涙があふれました。

「ごめんね」

もう一度そう言うのがやっとでした。彼はじっと下を向いたままでした。

その後、みんなは一斉に校舎を離れます。僕は校門の前に立って見送ります。「握手してください」などと言う生徒もいます。「一緒に写真を撮ってください」なんて言う子もいます。B君は、すっと僕の横をすり抜けるように、顔を伏せたまま通り過ぎていきました。

「頑張るんだよ」

僕は声を掛けましたが、彼は振り向きませんでした。僕は彼を目で追いました。20メートルほど離れたでしょうか。彼は突然振り向いて、僕の方に駆けてきたのです。真っすぐに。はっと身構えたほど瞬間の出来事でした。そして泣きながら、彼は僕に抱きついてきたのです。

「ごめんなさい。ごめんなさい」と言って。

「ごめん。先生も駄目な先生だったよ。つらかったんだね。ごめん」

僕も涙で声が震えました。うれしかったです。分かり合えた気がして。

希望の高校に合格した彼は、お母さんと一緒に家にあいさつに来てくれました。「先生、僕の人物保証人になってください」と言って。

何が彼を苦しめていたのか、本当のことは分かりません。きっと、あの合唱の練習の時に、僕の心がB君の方にではなく、歌っている方に傾いているのを感じたからではないかと思っています。

言葉にしていない僕の心を、彼は読んだ。しかし、最後に彼はそれを許した。僕はそう思いました。

でも、彼の苦しんだ数カ月は戻っては来ないのです。僕を救っただけで。

その許しは、もっと僕を苦しめることになりました。僕の胸に飛びこみ伝えてくれた許しの勇気です。校門ですれ違った時、僕から許しを求めて彼を抱きとめることができたはずだ。でも僕は、彼の拒絶を恐れました。その勇気が僕にはなかった。

教育の中で、同じ方向を見ることの難しさと、自分の弱さを今も思います。


美幸さん、あなたは強く生きてこられた。

「佐和子を大事にしろ。せば、おめえは幸せになれる」

『さわこのじてん』で読んだ、あなたの土台を支えている根室のお姑さんの言葉。それが何によって生み出されたのかを知りたいです。ツユクサの凛とした強さを思います。

お便り待ってます。

2023年6月11日
坂本　勤

泣いて、笑う

拝啓　坂本先生

お手紙ありがとうございます。道端にスーッと立つツユクサ、私も大好きです。

先生のお手紙を読んで一番先に思ったことです。

Ｂ君は、先生のことがとても好きだったんじゃないでしょうか。指揮者に推薦されて、少しうれしくて、少し誇らしくて、でも自信があったわけじゃなくて、みんなの前に立った時、ドキドキして心細くて、一人ぼっちになったような気がして、「早く始めろよ」という空気を誰よりも敏感に感じて、みんなからの視線が突き刺さるようで、気持ちは孤立していって、２分間が日に日に長くなっていって、いつもよりたくさん先生に声を掛けてもらいたくて、「先生、助けて」「先生、僕は本当は自信がないんだよ。何か言ってよ」「先生、先生」って心の中で叫んでいたのかもしれない。それが、「ホントは僕は指揮なんかしたくなかったんだ」って気持ちになって、「先生、嫌いだ」って言葉になったのではないでしょうか。

「B君の苦しんだ数カ月は戻って来ない」と先生は書かれていますが、卒業式のあとにB君と先生が受け取ったものはすごく大きかったのではないかと思います。

先生の生徒さんたちのお話を読んでいると、いつもその中に、子供のころの私がいるような気がします。

小学生のころの私は、先生に何か言われても「違います」と言えない子でした。「先生は私たちのことを何でも決めつける」と思っていました。

そして中学生、高校生になると、誤解されるからというほどでもないのですが、何か言われても、「みんな勝手に思っていればいい」なんて考えて、いつも出かかった言葉を心の中でかみ砕くようにしていました。先生に対しては、「言えない」というより、「言わない子」になっていました。

ところが、親としての私は違いました。小学校に入学したころの娘は自分に名前があることさえ知りませんでしたから、私が娘の気持ちを代弁しなくちゃならなくなったんです。「先生、娘はいまこう思っているんじゃないでしょうか」って。おかしいですよね。伝えることができない娘のかわりに、私自身が伝えることを覚えていきました。

高校生の私は卒業式の日、「あー、やっと学校へ行かないですむ」と校門前で万歳をしましたが、娘が高等聾学校に行きはじめたころには、「まるでお母さんが女子高生になったみたいに輝いている」と言われるようになっていました。

学校も先生も好きではなかった私が、娘の学校も先生も大好きになったし、教育ってすごいなあって思えるようになったんです。私はもしかしたら、学校生活のやり直しができたのかもしれません。

根室の姑は、夫の家が漁業をしていたころ、酒に酔う男たち相手に畳に包丁を刺したり、木刀をふりまわしたりする熱い人でした。

台所で、床に落とした食材を拾って「エイッ」という掛け声とともに鍋に放り込み、後ろで驚く私に「見たなー」と笑うような楽しい人でした。

娘が入院したと聞くと、左右互い違いの靴を履いて、走ってやってくるような人でした。晩年は義姉と毎朝、韓ドラの主題歌を歌って楽しく暮らしていました。

根室に里帰りした私たち家族は、義姉たちの家に泊まります。ある別れの朝のことです。ソファにいる姑の髪に指を入れたり鼻をひっぱったりしている娘に、姑が「こら、おらの顔で遊ぶんじゃない」と言ってケタケタ笑い合っています。

「佐和子を大事にしろ。せば、おめえは幸せになれる」と姑が言ったのはそのときでした。帰り際、姑と義姉は、私たちの車に向かっていつまでもいつまでも手を振っていました。それが、姑と顔を合わせた最後でした。

強い人でした。「無償の愛」という言葉を私に教えてくれた一人です。

障害の重い娘は、誰かの手を借りなくては生きていけません。だから、たくさんの好きな人やものに囲まれて、楽しく生きていってほしいと思います。先生、私は強くはないんです。むしろその逆です。だから、どんなときでも笑っていられたらいいなって思います。歩けて、聞こえて、話せる私が泣いてちゃ、娘に申し訳ないもの。強くなりたいなあって思います。

白いツユクサ、私も見てみたい。

２０２３年６月14日

今　美幸

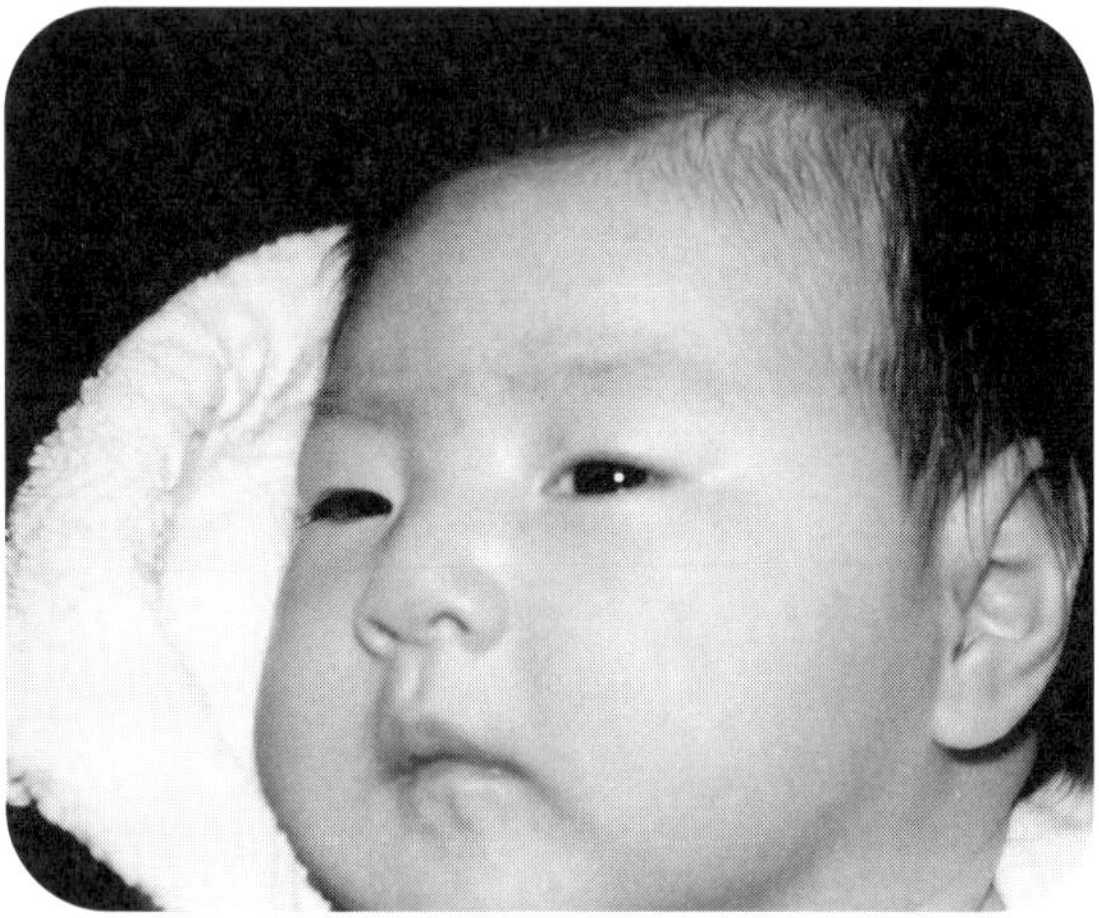

七色のテープ

今　美幸

娘の佐和子は32歳です。聴覚、知的、肢体に重い障害があります。

娘とのコミュニケーションには手づくりの「じてん」を使っています。「じてん」ができるまでには多くの方がかかわってくださり、時間をかけて今のような形になりました。

「このじてんにもっと早く気がついていたら、先に卒業した子たちとも話ができたかもしれないね」

聾学校を卒業する頃、学校で長い間介護職員をしていた先生がわが家に遊びに来て、そうおっしゃいました。聾学校には、知的にも障害があり、意思疎通が難しいお子さんがいました。私は先生のその言葉を聞いてひらめきました。

「このようなものを使えば、だれでも意思の伝達ができるのではないか。文字でなくても、写真や絵でもいい。毎日毎日心の中にあふれる思いの中の何か一つでも相手に伝われば、どんなにうれしいことだろう」

そんな気持ちで「北海道新聞」の「いずみ」という投稿欄にじてんのことを投稿したことがきっかけで、『さわこのじてん』という本が出版されました。

「何だかおかしい」

佐和子が生まれたのは北海道の東端、根室市。流氷に囲まれた長い冬が過ぎ、やっと春が来て、「日本一遅い桜」千島桜が咲く頃でした。

予定日より5日遅れて生まれ、病院のベッドで抱いた赤ん坊は、重いほどに大きくて、元気な声で泣き、ただ無心に乳を吸うその口元と、産毛が金色に光る頬を見て「かわいいものだ」と思いました。数カ月すると声をたてて笑うようになりました。

それが、日が経つにつれ「何だかおかしい。不思議な気がする。いま、この音に気がついたのだろうか」——そんな気持ちが沸き起こってきました。けれど、初めての子でしたし、佐和子の笑い声を聞いては、そんな不安な気持ちを打ち消していました。

6カ月検診の時に股関節の脱臼がわかり、治療のためベルトを装着しました。「ハイハイもお座りもできないのはこのベルトのせいなのだろうか、どうしたものか」と思いつつも、末期がんに侵されていた父の病状の悪化が続いたこともあり、佐和子の障害の発見も対処も遅れてしまいました。

佐和子が1歳になった頃、父が亡くなりました。医療関係の仕事をしていた親類の勧めで東京の国立小児病院へ連れていくと、そこには日本中から重い病気の子どもが来ていました。佐和子は1カ月の検査入院で、脳性まひ、聴覚、知的、肢体に障害があることがわかりました。

退院して根室へ帰ってからも、佐和子はてんかんの発作をよく起こし、入退院を繰り返しました。ある日、看護師さんがある患者さんのことを「あのおばあちゃん、お水が飲みたいときに『水』って言うことができないんだよ」と話しているのを耳にして、その言葉がいつまでも私の心に残りました。

初めて補聴器を付けたのは2歳になる前で、聾学校で教育相談を受けたことがきっかけでした。その頃のことを書いた文章があります。

補聴器を付ければ、聞こえてなかった音がびっくりするくらいよく聞こえてくるようになるのだと思い、ワクワクしていました。

「さわこ、さわこ」と後ろから呼んでみました。佐和子は振

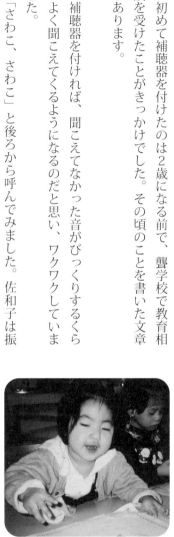

り返りません。大声で「さわこ！」と叫んでみました。それでも振り返りません。娘の世界には、音はほとんどないようです。

いつも音楽を聞いている私は時々、すべての音を消してみます。とても寂しく、部屋がシーンと広く感じられます。「娘はいつもこんな世界にいるんだなあ」と考えてしまいます。

娘は座ることも立つこともできません。一人で食べることも話すこともできません。けれど、見ることができます。欲しいものを指さしすることができます。そして何より、笑うことができます。転んだ人を見て、怒られている子どもを見て、ケタケタとひっくり返って笑います。何だか私も一緒に笑いたくなります。

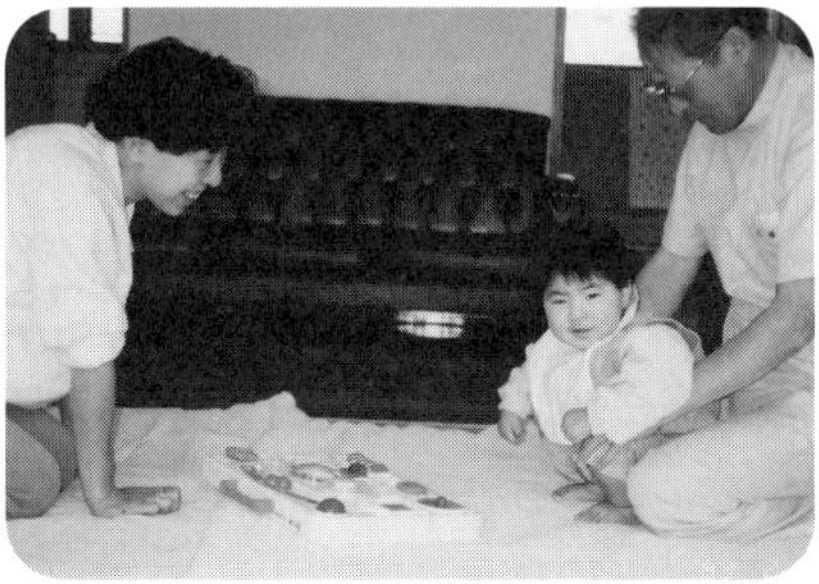

多分、娘はこれからも楽しく笑いながら生きていくのだと思います。

思いを言葉に

旭川療育センターへ初めて母子入院をしたのもこの頃でした。ものすごい寒さで、雪が1メートルも積もっていましたが、ここでこれから訓練すればもう大丈夫、そんな気持ちでした。

初めての訓練の日、佐和子の担当はベテランの先生でした。私は「先生、娘は帰る頃には歩いてますよね」と言うと、先生は戸惑ったように少し間を置いて、「まずはハイハイができるようにね。お座りもできないとね」と言いました。訓練すれば歩けるようになるんだと、そのとき私は本当に信じていたんです。

入院中の夜、子どもたちが寝付いた後、母親が食堂に集まっては遅くまでおしゃべりをしていました。時々おしゃべりに加わってくれる夜勤の看護師さんが、とても心に残ることをおっしゃいました。

「人の手助けを必要として生きていくからといって、他人の手に慣れさせることばかりを考えていると、『自分は生まれてこなければよかった』と考える子もいる。まずは身近な人との信頼関係を大事にしてください」

「信頼できるものにつながっている時、子どもは他人を信頼する。愛情をたくさんかければ自然に巣立っていくから」

この言葉は、私の子育てでとても大きな支えになりました。

3歳になる少し前、私たちは室蘭へ引っ越しました。大きな病院があり、佐和子が通える学校があるというのが理由です。市内には聾学校と養護学校があり、どちらを選ぶかとても迷いました。佐和子のように体にも障害があると、聴覚の障害は見落とされることがあります。体の障害も大変ではありますが、「人とのやり取りができない」「自分の要求を訴え

ることができない」という障害は、想像以上に大きいのではないかと思いました。

1分でいい。目の前の人がどんなに口を動かしても何を話しているかわからない、すべての音が入らないという状況を想像してみてください。

胸の内に湧き上がる思いを一言たりとも言葉にすることができず、それが生涯続くということも、想像してみると怖いことでした。何とかしてコミュニケーションの手段を手に入れられないものかという思いが募っていきました。

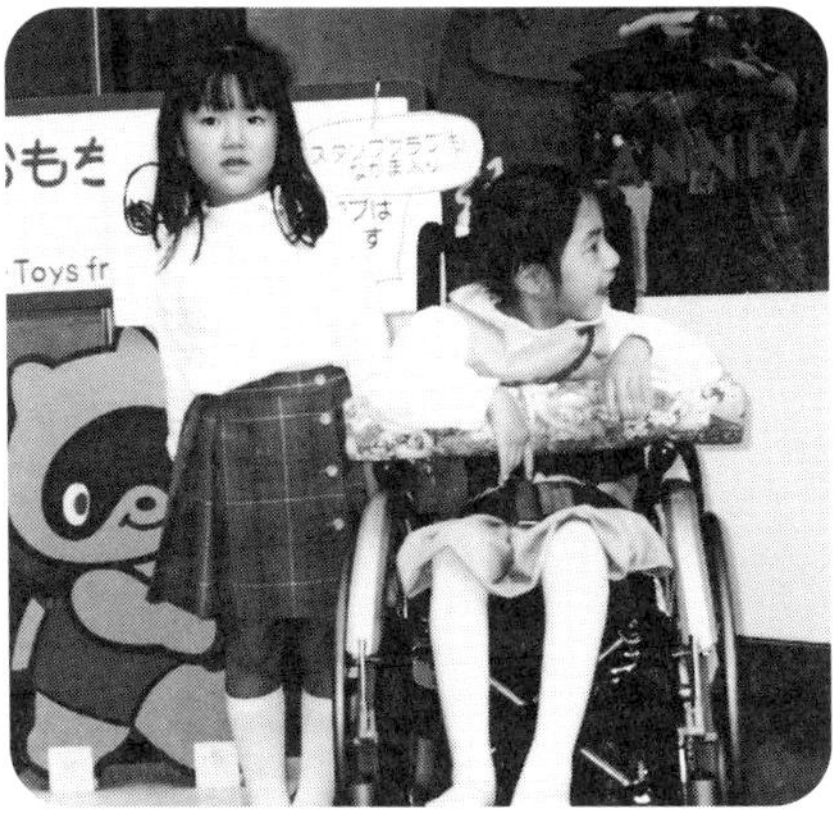

「記憶力がない」？

その頃の佐和子は、自分にも物にも名前があることを知らず、ただ周りをキョロキョロ見ては笑っているような子でした。入学前の教育相談ではいろいろなことが試されました。

一人の先生が、佐和子の前に三つのコップを置き、どれか一つに小さなおもちゃを入れ、それを伏せて「どれに入っていますか」と尋ねます。佐和子は入っていないコップに手を出します。

「この子は記憶力がないね」。先生はそう言いました。

ところが、その頃週に1度通っていた聾学校の教育相談へ行くと、前の週に遊んだおままごとの方に手を伸ばします。

どうして目の前のコップに入れたおもちゃの場所を覚えられないのに、1週間前のことは覚えているのだろうと不思議に思いました。

家に帰ってコップを三つ並べ、佐和子の好きなようにさせてみました。やはりおもちゃの入っていない方のコップに手を出します。私が手を貸してコップを開いてみせると、入っている方のコップからおもちゃを取り出し、もう一つのコップに移して伏せようとします。何度も同じことをします。

佐和子はおそらく、大人と同じことをしようとしたのです。

「記憶力がない」。私はその言葉を信じてしまい、いろいろなことをあきらめてしまうところでした。そして、こちらの意図が通じなければ、お互いにすれ違っていくこともわかりました。

またその頃、障害児の発達の研究をしている大学の先生へ手紙を出してみると、「知的障害が重く、耳からの情報がないと、コミュニケーションは難しい」という返事が届きました。それでも私は、「水が飲みたいときに『水』と訴えられない」という言葉を思い返し、何とかできないものかと考えていました。

物に名前があるとわかった瞬間

体が不自由で手話が使えない、口話も難しい。それでも何かコミュニケーションの手段が欲しいと考え、聾学校へ入学させてもらうことになりました。

聾学校では2年間、佐和子と一緒に授業を受け、親や身近な人とのやりとりの方法を考えました。

授業では、担任の先生が毎日毎日同じことを繰り返します。「さわこ」「おかあさん」「せんせい」と

書かれた3枚の大きなカードを何度も見せます。いつまでたっても自分のカードがわからない佐和子を、私はちょっと悲しく思いつつ、「まあそんなものか」と投げやりになったこともありました。

それでも、佐和子は年上の子たちが押してくれる車いすで手つなぎ鬼をしたり、オタマジャクシを採りに山へ入ったり、みんなで大きなソリに乗ってグラウンドの雪山を滑ったりして毎日楽しく過ごしました。

1年生の2学期が終わり雪が降り始めたある晩、いつものように布団の中で絵本を見せていると、佐和子が本の中の「さ」という字を指し、自分の顔を指しました。胸が高鳴りました。驚きました。次に本の中の「お」を指し、私の顔を指します。

長い長い日が経っていました。

2年生の終わり頃、先生が猿の絵が描かれたカードと、「さる」とひらがなで書かれたカードを持ってきました。「こま」「わに」「おに」「かに」もありました。そして、目の前で絵と文字のカードを合わせていきます。佐和子は、食い入るようにそれを見ていました。

その夜、佐和子は家で私の手を取って、白い紙やマジックを要求します。はじめは何のことかわからなかったのですが、「さる」のカードかと気が付いて、そこにあったスケッチブックの表紙の裏でカードを作って、猿の絵と合わせていきます。「わに」「こま」「おに」「かに」「あり」も作りました。佐和子はそれをどんどん合わせていきます。楽しくて楽しくて、何時間も食事もせずにカード合わせをしました。

　物にも名前があるとわかった瞬間でした。どんなにうれしかったことでしょう。

　聾学校の裏には牧場があります。動物が好きな佐和子を連れて、よく馬を見に行きました。スケッチブックにひらがなで「うま」と書くと、佐和子はそれを馬に向かって高らかに持ち上げて見せ、「アーアー」と声を張り上げます。「お前は『うま』っていう名前なんだよ」と叫んでいたのでしょう。佐和子の顔は誇らしげに光っていました。

　はじめは何もわからなかった佐和子に粘り強く同じことを教え続けた先生。「いつかできるようになる」の「いつか」はどれほど遠い「いつか」なのかはわかりませんが、それでも始めなければ何も起こりませんでした。

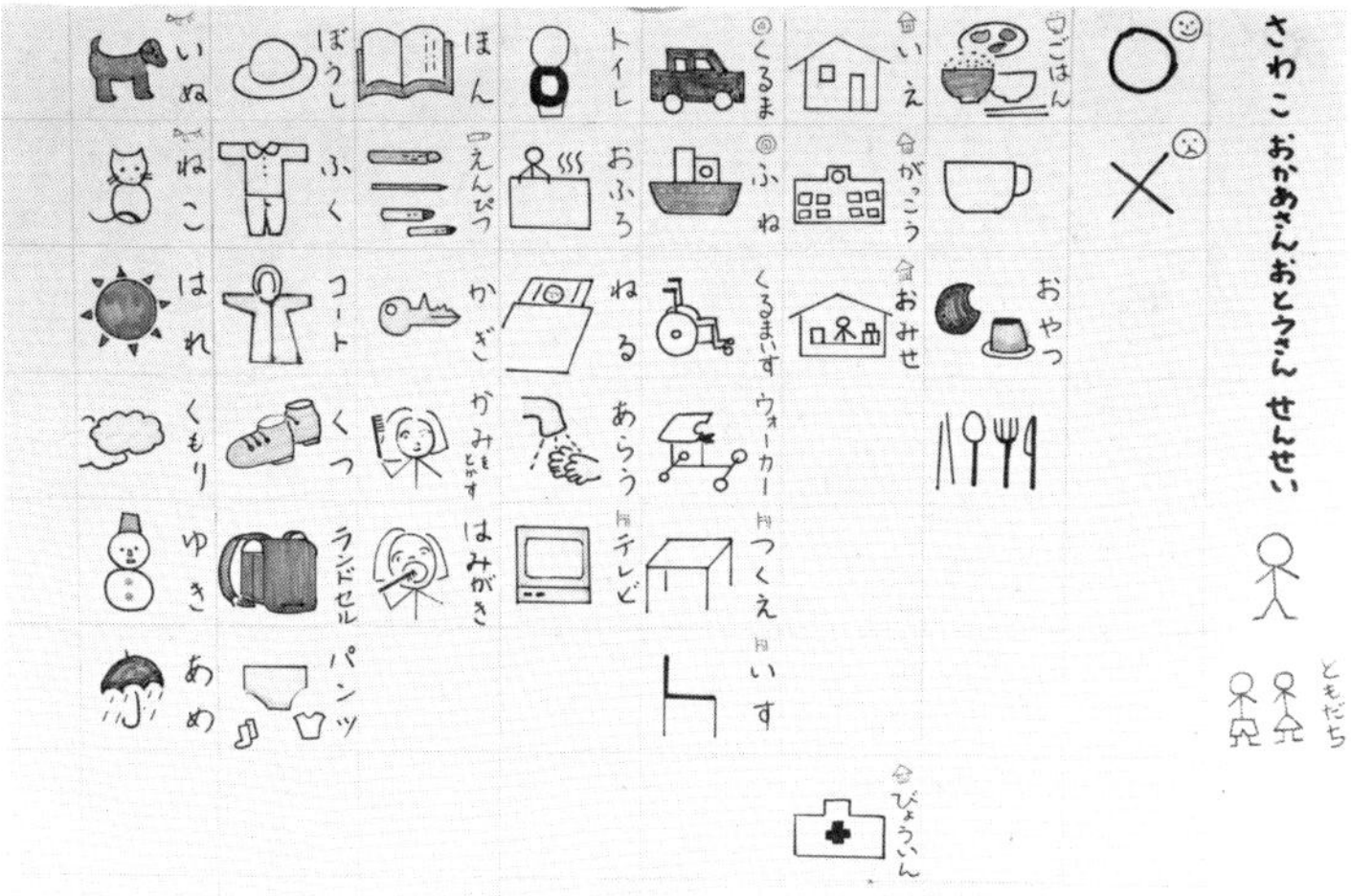

都合のいい言葉

やがて、いつも行くお店や学校、病院の写真を撮り、一枚の厚紙にプリントして車に積むようになりました。どこかへ連れて行くときに、佐和子に何も伝えずに連れていくのが何だか嫌だったのです。私はその写真を指さししてから家を出ます。やがて、佐和子が指すようになっていきました。

3年生になって担任の先生が変わりました。その先生は聞くことがとても上手でした。「なんでも話してごらん。聞いているからね」という先生の姿勢が、佐和子の「話したい、伝えたい」という気持ちを強くしていきました。カード合わせをしながら、先生や友達の名前を覚え始めていった頃です。

私は一枚の厚紙に「トイレ」「はみがき」「おふろ」などの絵と言葉を書いてみました。でもこれには佐和子はまったく興味を示しませんでした。

人と人とのやりとりは本来楽しいことなのに、そ

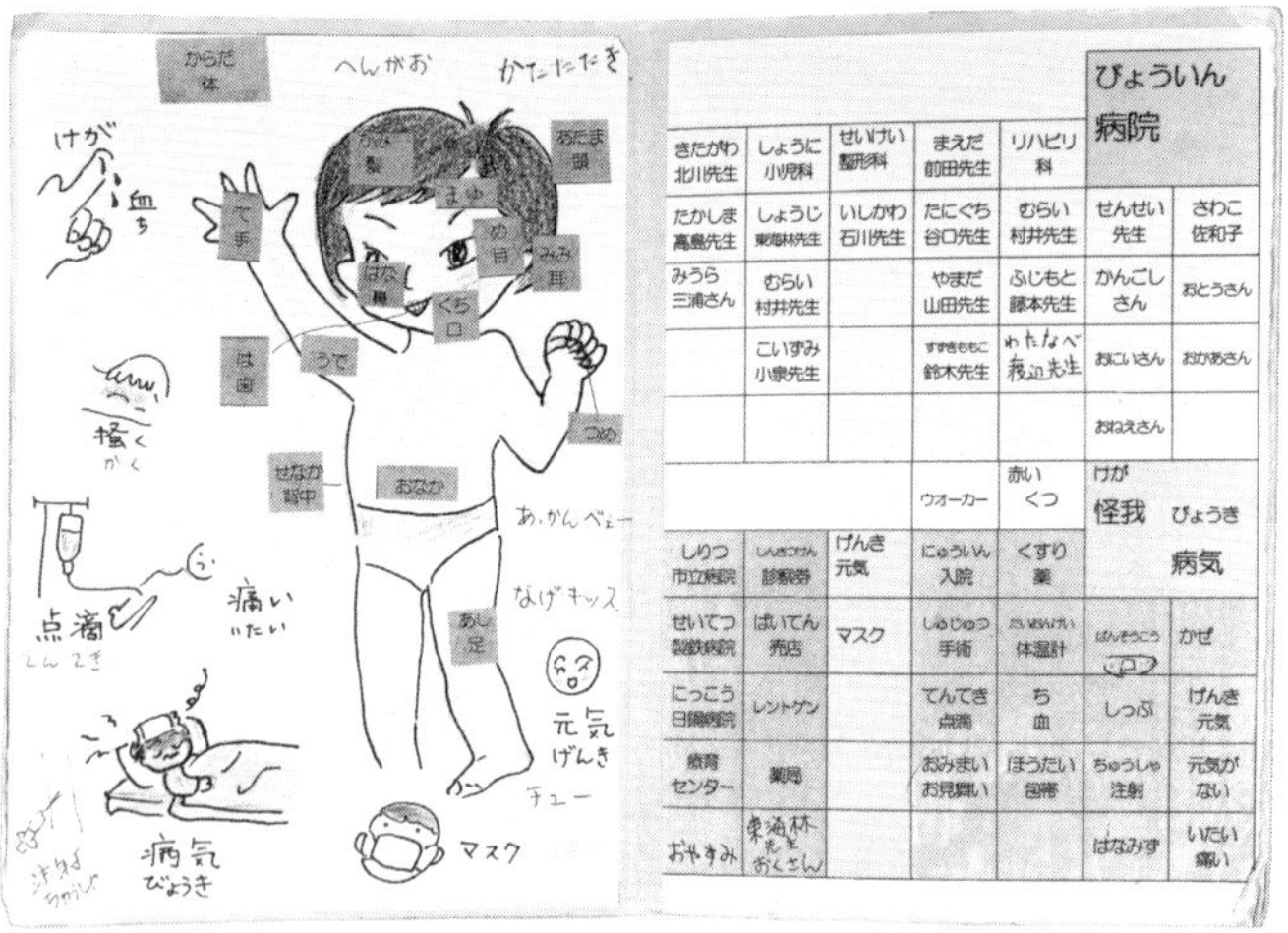

れらは私にとって都合のいい言葉ばかりだったのです。私は言葉の選択が間違っていたことに気づきました。

好きな遊び、食べ物など、その絵を指したときにとびきりうれしいことが起きなければ――と考えなおし、行きたい場所やお店の写真を撮って紙に貼ったり、先生や友人の名前を書くようにしました。

好きな先生の前で名前を指すと、先生が「はい！」と手をあげて返事をしてくれます。佐和子は上気した顔で「キャッ」と声をあげ、一日に何度も先生たちを呼びました。

食べ物の名前も増やしていきました。ある時、台所の方を指し、「あーあー」と大声を出します。何を言っているのか私にはまったくわかりません。あれこれ持って行ってもどれも違うらしい。仕方なくとうとう佐和子を抱いて台所へ行くと、高い所にあった「わりばし」でした。生活に役立つようない

いやり方はないかと考えるようになりました。

伝わる幸せ

数枚の厚紙を半分に折り、接着剤で本のように組み立てていきました。ノートやクリアファイルではなく、不自由な手でもめくれる形状のものをと考えたのは、佐和子が自分で自分の言葉を探せるようにしたかったからです。幼児向けの絵本を参考にして、握った手でもページがめくれるようにしました。聴覚に問題があるからか、佐和子は言葉を音ではなく文字の塊として覚えているようです。「りんご」と文字ブロックを並べさせようとすると、「ん」を置いてから「り」と「ご」を両側に置いたりします。「ひらがな表」は佐和子には不要なものでした。

最初に作った「じてん」は、人の名前、好きな食べ物、よく行く場所、おもちゃなどの名前を書いた数ページのものでした。それを学校へ持って行きます。佐和子が先生の名前を指したときに先生が気がつかないと、他の子が「先生、さわちゃんが呼んでいるよ」と言ってくれました。

じてんには空欄も用意しておきます。保健室へ行ったときには「保健室」と、その場で本に書いてもらいました。すると、次に先生が佐和子を保健室へ連れていくときには、「保健室」を指さします。佐和子が保健室へ行きたい時には、佐和子が「保健室」と指します。佐和子は指をさすとそこへ連れて行ってもらえるのがうれしくて、ほんの小さな擦り傷でも「保健室」を指すようになりました。自分がどこへ連れて行かれるのかが前もってわかるようになったことで、不安が少なくなっていったようです。

こうして、じてんに言葉がどんどん増えていき、2年も使うとボロボロになったので、新しいじてんを作りました。

小学校高学年の頃、わが家に学校の友達が泊まりに来ました。私が佐和子を抱いて寝室へ移動すると、友達がさわこのじてんを持ってついてきます。耳が不自由なその友達は、子どもながらにコミュニケーションの大事さが身に染みていたので、じてんが佐和子にとって大切なものだということがよくわかっていたのでしょう。

佐和子が中学を卒業するとき、私は校長先生にこんな質問をしました。

「障害がなければもっと違う人生があったかもしれません。これから先、佐和子自身が幸せと感じるとしたら、どんなときなのでしょう」

先生は少し考えて、「トウキビを誰かがゆでるんだ。それを佐和子が食べて、『おいしいね』と隣にいる誰かに伝える。すると隣の誰かが『おいしい、おいしい』って答える。そんな時かな」とおっしゃいました。私も、そんな瞬間が幸せなのだろうと思いました。

最後に、「北海道新聞」のコラム欄に掲載された文章を読ませてください。「贈り物」というタイトルです。

娘の佐和子は音が聞こえていません。話せず、立てません。知的に遅れもあります。

ある朝、身長150センチの娘が突然立ち、聞こえるようになったなら、手をつないで裏山を登ります。大声で歌を歌い、頂上で雲に飛び乗るほどのジャンプをします。原っぱに寝転んで耳を澄ませ、鳥の声を聞きます。初めて聞く鳥の声に娘は驚いて何て話してくれるでしょう。

私は娘と話したい。話したい。心の中に詰まった思いが言葉になって出てくるのを私は聞きたい。そんなことを考えていましたが、障害はなくならず、32年がたちました。

娘は少しの言葉を形だけでおぼえています。物に名前があると知ったころ、「いつか空や海の色、花や服の色、色の話ができたらいいなぁ」と思っていました。そんな話ができたらきっと楽しいにちがいない。

秋のある日、娘は白いはがき大の紙にマスキングテープを貼っていました。手が不自由なので、ハサミは使えません。より不自由なほうの左手は指を固く握ったままでテープを押さえ、右手で何とか引っ張り、ちぎります。貼るのは左手の甲も使います。長い時間がんばっていました。

そしてその紙を「どうぞ」と私に差し出します。娘は知っている言葉が書いてある本を開き、「にじ」という言葉を指しました。テープが七色に貼ってありました。

娘がくれた贈り物です。

（2023年10月22日、小樽での「日本小児理学療法学会」講演から）

第2部　戦争と子ども

朝の食卓…… 今　美幸

「こんぴらさんのお祭り」

（「北海道新聞」2023年7月22日）

真っ白い竜がソーッとはい上がり、覆いかぶさったかのように、故郷の根室は濃い海霧に包まれます。

50年ほど前の話です。「シャンシャン、シャンシャン」。一寸先も見えない中で、子供の私は耳を澄ませ、小躍りしたくなりました。8月上旬に開かれる金刀比羅神社のお祭りに向けて、金棒を担ぐ子供たちが練習を始めた音が聞こえてきたからです。

初日には、笛や太鼓のおはやしが街中に響き、夜店が連なりました。祭り会場の近くにあったわが家には父の友人たちがやって来て、うたげが始まります。

円陣を囲んで愉快に杯を傾け、しばらくたったころ。1人のおじさんが、いつも同じ話を始めます。戦時中、兵隊さんのお米を作るために皆で道央の農家へ行かされた

こと。あまりにおなかがすいて畑のスイカを盗んでしまったこと。そして「あのスイカ、うまかったなぁ」と遠くをみつめます。私は青空の下、16歳のイガ栗頭がスイカを抱いて走る姿を想像し、ちょっぴり切なくなりながら、いつもは寡黙な父と笑いました。

一番の楽しみは、最終日に父と行く植木のたたき売り。露店の男は「安いよ。安いよ」と植木片手に台をたたき、そうして根室の夏はあっという間に過ぎていきました。

今年は8月11日に宵宮祭、12、13日におみこしの巡行があります。

白装束の男たちが大漁を願って、1.5トンのおみこしを担ぎます。さぁさぁさぁ拍手喝采、どうぞご覧ください。

学ぶこと、想像すること

拝啓　坂本先生

暑い日が続いていますが、お変わりありませんか。

今朝、この夏はじめての朝顔が一輪咲きました。爽やかな青色です。ちょっとうれしい朝でした。

夏が来ると、私は故郷根室の金刀比羅神社のお祭りが恋しくなります。根室は8月でも夜には肌や髪がしっとり濡れるほどの濃い海霧がかかり、肌寒くなってストーブをつけることがあります。

そんな中、祭りの行列の笛や太鼓を練習する音が遠くから聞こえてくると、「あ、やっと夏が来た」ってうれしくなります。

祭りが始まると、遠方からも父の友人が次々と家に来て、おそばやおすしの出前を頼み、にぎやかになります。

父は昭和3年の生まれです。久しぶりに会う友人たちはいつも学徒援農の話をします。石狩沼田のお寺に泊まり、農作業にあけくれたんだそうです。何日もお風呂に入れずに、やっと入れた翌日にその浴槽を見てみると、泥だらけで真っ黒の水が溜まっていたそうです。

食べ物はいつもカボチャや芋ばかり。育ち盛りの頃、どれだけお腹がすいて辛かったろうと思いました。でもそんなことも、学校の友人たちと一緒だったからか、楽しい思い出のようにしてみんなで笑って語り合っていました。

祭りの3日間、赤い着物で手古舞を踊る子どもたちの袂《たもと》についた鈴の音で街は包まれるんです。


根室は昭和20年7月14、15日に米軍の空襲を受け、400人近くの方々が亡くなっています。その頃、根室の人口は3万人台。それまでは、戦争は日本のどこか遠くで起こっているというようなのんびりした空気もあったそうです。

14日、被害は港近くだけでした。そして15日早朝、米軍の空母から120機の飛行機が飛んできて、次々と爆撃していったそうです。

2500戸ほどの家屋が焼失。17歳だった父と祖父母が暮らす家も焼け落ちました。漁業が盛んな小さな町です。それほどの痛手を負わせる必要がどこにあったのだろうと思います。

いつ頃のことだったのか覚えていないのですが、父がその空襲の話をしたことがあります。黒焦げで丸太のようになった遺体が家の近くの根室港の岸壁にどんどん運ばれてきて、積み重ねてあったそうです。

でもそれだけ。父が戦争の話をしたのはたった一度、それっきりでした。

父と友人たちが生まれ育った昭和のはじめは、もう自由にものを言える時代じゃなかった。国や政府を批判するようなことを口にすれば警察に連れていかれる。大不況、満州占領、暴動……。世界の中で日本はどんどん孤立し、戦争への道を進んでいきました。

子どもだった父たちは何も悪くないもの、お腹いっぱい食べさせてあげたかったなー、と悲しく思います。

父は63歳のときに病気で亡くなりました。病院で息を引き取るとき、ベッドを囲んだ友人たちの拳はブルブル震えていました。いつ死が訪れてもおかしくないという大変な日々を、子どもの頃、父と友人たちは共に過ごしてきたんだなあと思います。

先生、私は戦争のことではたくさん後悔しているんです。父が一度だけ空襲の話をした時に、もっともっと聞いておけばよかった。

父の兄は23歳のときに南洋で戦死しています。祖父母も父も、そのことについては頑なに口をつぐんでいました。

どうしてだろうと思っていたんです。けれど人は、あまりに辛いことには口をつぐむのだと、後からわかりました。「教えてほしい」と私が願えば、もっと話してくれたのではないかと、この頃になって思います。

ウクライナで戦争が起こる前は、戦争なんかあるわけないって、心のどこかで思っていたんです。でもそうじゃなかった。世界中のどこかで争いは起こっているし、それに戦争がひとたび始まれば、そう簡単には終わらないということもわかりました。

戦争を起こさないためには、学ぶこと、想像することが大事だと何かの本で読んだことがあります。

でもどうしてか、学校では戦争のことをあまり学ばなかったような気がします。戦後、日本はどんどん発展し、新しいものが次々と街にあふれ、道路にはゴミがたくさんありました。過去を振り返るのはちょっとカッコ悪い——そんな時代に私は育ってきたのでしょうか。

先生にお手紙を書きながら、戦争のことをあらためて考えていけたらいいなと思っています。父たちが子どもの頃を過ごしたような辛い日々が、これから先訪れることがないようにと願いながら。

夜中に目が覚めて外に出てみたら、月も星もすごくきれいでした。お便り、楽しみにしています。

2023年7月28日　　今　美幸

心の中は

拝啓　今美幸様

しばらくぶりです。猛暑の中、大輪の真っ白いカサブランカと真っ赤なダリアが並んで咲きました。

夏本番です。花の勢いには負けますが、僕は元気です。

お手紙拝見しました。根室の空襲のすさまじさを思いました。昭和12年生まれですから、それは僕が小学校3年生になった時に起こったことになります。

報道が制限されていた時代、親戚でもいない限り、そのことを知っている人は僕の村にはいなかっただろうと思います。僕がそのことを知ったのは戦後ずっとたってからのことでしたから。

原爆の投下を知ったのも戦後です。日本は勝ち続けている、そう信じていました。先生もそう教えてくれていました。

僕の生まれた上川は四方を山に囲まれたすり鉢の底に張り付いたような静かな村です。

戦争が始まってから戦争が終わるまでに敵機B29を見たのは一度きりです。山の端をくねるように浮かび上がり、黒い胴体を見せて消えていきました。家の前の林で、母の背中に隠れてドキドキしながら見ていた夏の記憶があります。

思い返せば、その頃、近所の家の玄関の真ん中に「遺族の家」とか「誉の家」という白木の板が下げられているのをたくさん見かけるようになっていました。その札に気高い何かが込められていることを子ども心に感じ、「あの札をもらえる大人になろう」と胸熱く思うことがありました。戦死というものに、どこか美しい憧れがありました。

学校は、尋常小学校から国民学校というものに変わりました。入学してすぐに習った歌は「国民学校1年生」という歌でした。今でも歌うことができます。

みんなで勉強うれしいな　国民学校1年生
肩を並べて兄さんと　今日も学校に行けるのは
お国のために戦った　兵隊さんのおかげです

兵隊さんが学校に来るようになりました。軍事訓練という時間がありました。低学年は行進の練習です。

お隣の国で、何かの記念日に足を高く上げ、手も高く振って行進するあれです。最初にどちらの足をどれくらい高く上げるかまで決まっていました。

真っすぐ歩くことはできても、曲がるのは大変です。4列で行進するのですから、内側の生徒は歩幅を狭くして、外側の子が回るのを待つのです。

ここで、「馬鹿野郎！　そんなこともできないのか！」と兵隊さんが叫びます。

その後が大変です。間をおいて「おそれおおくも…」と続くからです。何をしていても、「おそれおおくも」と始まると動きを止め、背筋を伸ばして両足をピッタリそろえなくてはならないのです、続く言葉は決まっていました。

「おそれおおくも天皇陛下におかせられては我ら臣民のために日夜お心配りをくだされておる。お答えするには、5尺1寸の丈夫な体で戦える立派な兵隊になることだ。それに到達するために訓練する。それが陛下の御心に対するせめてもの臣民の務めでもある。それに届かないものは役立たずだ。非国民だ。気を抜くな。わかったか」

「はい」「返事が小さい」「はい！」

何度この言葉を聞いたでしょう。この言葉は次第にトラウマになっていきました。

僕は小学生の頃、クラスで一番のちびでした。訓練で背の順に並ぶと、いつも一番前になりました。

その頃、男子は二十歳になると「兵隊検査」というものを受けなければなりませんでした。兵隊にふさわしい体かどうかを判定するのです。

甲乙丙丁《こうおつへいてい》の4段階に分けられます。丁になると、「それに届かないもの」、つまり役立たずになります。その身長の基準が5尺1寸とされていました。

確かなことは分かりません。戦局が厳しくなると、「落第した」という話を聞かなくなったので、全員合格だったのかもしれません。

5尺1寸、メートル法でいうとおよそ1メートル55センチになります。僕はきっとこの基準を超えられないだろうと思っていました。

「非国民になる」——それは当時の子どもにとって耐えがたい屈辱であり恐怖でした。


8月15日は暑い日でした。

外でトンボ網を直している時でした。近所のお寺のお坊さんが真面目な顔で、それでいて吐き捨てるように言いました。

「勤ちゃん、戦争終わったよ。日本は負けたよ」

何を言っているのか分かりませんでした。

「負けたって…神風吹かなかったの？」「じゃあ兵隊検査はなくなるの？」

「負けたんだよ。神風は吹かなかった。兵隊検査もなくなるよ、きっとね。兵隊さんいらなくなるから」

兵隊検査がなくなる——。肩から重いものが消えていくような気がしました。でも、それは誰にも言ってはいけない気持ちなのだと思いました。「心の中は非国民なんだ」。ずっとそう思い続けていました。

二十歳の村役場主催の成人式に、僕は参加しませんでした。その日、家の柱で身長を測りました。162センチでした。

遠い夏の日の記憶は、今とつながって不安になります。お便り待ってます。

2023年8月3日

坂本　勤

拝む

拝啓　坂本先生

報道が制限されていた…原爆も……。そうだったんですか。

戦争のドラマなんかでは、よくラジオの前に座って放送を聴いている場面がありますね。「勝った、勝った」って流れてくる。でも終戦に近い頃は、勝ったばかりではない戦況も流れているのだろうと思っていました。

８月15日は暑かったとよく聞きます。今年の私のその日は、テレビから流れてくる「堪え難きを堪え…」という声と、ブーンという爆撃機が飛ぶ音が心に残りました。

私の子どもの頃の８月15日は、朝から家じゅういい匂いがしていました。

明治生まれの祖母はどんな日も着物でした。夏は木綿の着物。早起きして、たすきがけをして、大鍋で小豆を茹でます。茹で上がるとザルで裏ごしして、小豆の皮を取ると、それを砂糖と鍋に入れ、火にかけると大きなヘラでグツグツと練り上げて、やっとこし餡ができます。

祖母は、流れ落ちる汗を、首に巻いた日本手ぬぐいでぬぐっていました。私も鍋を押さえる手伝いをしますが汗だくです。鍋から熱い餡がとびはねてくるし……。

餡ができると、もち米粉を練って、蒸して、丸めて餡を入れ、また蒸すんです。もち米の甘い匂いがします。出来上がると、祖母はそれを仏壇へあげて、お線香の煙がただよう中、長い時間手をあわせていました。

それからよそいきの着物に着替え、夏物の黒い羽織を重ねます。祖父は、半そでの白いワイシャツに、この日はネクタイもします。ふたりは、追悼式に「ちゅーこんひ」へ行きます。よそいきを着たふたりが一緒に出かけるなんて、子どもの頃の私はちょっと晴れがましい気持ちもあって、後ろ姿を見送りました。

伯父、祖父母の長男が戦死したことはもちろん知っていました。でも、私は遠い昔のことだと思っていたんです。

仏間には詰め襟の軍服を着た伯父の写真がありましたが、何だか怖くて……。祖母が「仏壇のお菓子、食べていいよ」って言うんですが、必ず「拝んでくるんだよ」って付け加えるんです。「はーい」って仏壇へ行くと、思いっきりおりんを鳴らして、銀色の紙に包んである丸いチョコをつかんで走ってきました。

拝んだことなんかなかった。仏間は何だか暗かったし、伯父の顔が怖かったんです。子どもの頃の私には、遠い遠い人でした。

祖父は毎朝、私が起きる前にちゅーこんひへ行っていました。冬はいつも、ピカピカに洗った黒い長靴に黒い帽子。小さな体で、亡くなる少し前までの40年間、毎日行っていました。どんな天気の日も。坂道を、何を思って歩き続けていたのでしょうか。

祖母が、「こんな天気の日にまで」って言っていたこともありました。ゴーッと音を立てて海から風が吹きつけるような猛吹雪の日。前が見えなくて、轟音がしたと思ったら、すぐ横をトラックが走って行ったこともあったそうです。

祖父は、そこで伯父に話しかけていたんですね。「どこで死んだんだ」「どうして帰って来ないんだ」とか、「腹をすかせていたのだろう」「寂しくはないか」とか。40年間、毎日です。でも、伯父のことは何も話さない。いつもお行儀よくちょこんと正座して、膝の上に手をそろえてニコニコしていました。

言うに言われぬ悲しみを抱え、それでも生きなければならないのなら無言になるのだと、今の私は少しわかるようになりました。口を開いてしまえば、涙がとまらなくなるもの。

先生は「ちゅーこんひ」ってご存じでしょう。私、子どもの頃はずっとどんな意味なのか知らなかったんです。調べもしなかった。「忠魂碑」と書くんだと、ずっと後になって知りました。数年前にそこへ行ってみたら、石碑が「忠魂碑」ではなく「戦没者慰霊之碑」に変わっていました。

子どもの頃、伯父の顔は怖い顔だと思っていたのに、今はかわいく見えて、一生懸命に生きたんだなぁって思うと愛おしくて。

戦死したのは23歳の誕生日の数日後です。まだ子どもみたいなものですよね。私、ときどき伯父の写真に向かって「バカだね。どっかに隠れてりゃよかったのに」って言っちゃうんです。

戦後生まれの私も、8月15日にはいろいろ思います。

暑さのせいか、夜の虫の声がとてもにぎやかです。お便り楽しみにしています。

２０２３年8月18日

今　美幸

隠れる

拝啓　今美幸様

猛暑の中、わが家の狭い庭で、きゅうり、モロッコ豆、南蛮、オクラが毎日実をつけています。食卓に収穫した野菜が並びます。僕は元気です。

あなたのおじいさまが40年間毎日、伯父様の霊を慰めにいかれたという忠霊塔は、僕の家の近くにも同じようにあります。最近補修され、今も大事にされています。日露戦争の時代からの2千人近い戦没者の霊が祀られているそうです。時折花が手向けられているのを見かけます。広場は平和盆踊りの会場にもなっています。

あなたは、戦死された伯父様の写真に「バカだね。どっかに隠れてりゃよかったのに」と言っちゃうと書いています。伯父様は23歳の若さですものね。隠れてでも生き延びてほしいと願いますよね。僕もそう思います。命より大事なものはありませんものね。

でもあの頃の教育に、自分で判断して「隠れる」という選択肢はありませんでした。「隠れていろ」と言うには、死をかける勇気が必要でした。

「隠れるな」という道は一本でした。

小学校低学年の僕は行進しながら、こんな歌を心躍らせ、腕を振りながら歌っていました。2拍子の歌は行進にぴったりです。

天に代わりて不義を討つ　忠勇無双のわが兵は
歓呼の声に送られて　今ぞ出で立つ父母の国
勝たずば生きて帰らじと　誓う心の勇ましさ

「忠勇無双」というのは「2人といないほど勇敢で君主に忠誠を尽くす心を持った」という意味です。君主というのは天皇陛下です。

天皇陛下は神の系列の中にありました。国民学校では、歴代の天皇の名前を覚えるというのが課題でした。

初代天皇は神武天皇です。ヤタガラスというカラスに導かれ敵と戦います。カラスは黄金の光の矢で敵を倒し、神武を助けます。そして彼は日本国の初代天皇になります。

人間の力と神の力をあわせ持つ大事な天皇でした。神と人間をつないだことで、日本は神の国といわれることになります。現在、日本サッカーチームのエンブレムに登場するあの鳥がヤタガラスです。神の力を味方につけているということかもしれませんね。

当時の歴代天皇は、初代神武から、すいぜい、あんねい、いとく、こうしょう、こうあん、こうれい、こうげん、と続き、めいじ、たいしょう、きんじょうと124代で終わります。最後を昭和とは言わず今上《きんじょう》といいました。この歴代天皇の名前を覚えることで、日本が神の国であることを確認するのです。完璧に覚えきれないところで終戦になりました。

戦争が終わって、日本の歴史の中に縄文時代とか弥生時代があり、人間は猿人が進化したものなんてことを知り、びっくりすることになるのです。そういった資料は、学校でも図書館でも処分されるか没収されていたのです。

天皇の神格化はもっと続きました。それは御真影と教育勅語というものによってです。御真影というのは天皇、皇后の写真のことです。

学校では国の記念日には国歌を歌い、記念日の歌を歌い、校長先生の読む教育勅語を聞くというのが習わしでした。

運動場の壇上の中央に御真影は飾られています。後に、ここでは安全を保てないということで玄関横に奉安殿というものを建て、そこに安置するようになりました。火災で御真影が焼けた学校があったからだという噂を戦後聞きました。その責任を取って校長先生は自殺したらしいという噂も。それが本当と思えるほどに、小さな子どもにとって、教育勅語を聞く時間は耐えがたい緊張の時間でした。同時に、耐えがたい笑いを含んだ複雑なものでもありました。

国歌の後、「教育勅語」という合図で、みんなが一斉に背筋を伸ばします。すると、白い手袋をはめた校長先生が壇上に上がり、中央の扉の閉まった御真影に向かって礼をします。「最敬礼！」という声が響きます。僕たちはいっせいに最敬礼をします。手を下げて膝の下に届くほど深く頭を下げるのが最敬礼です。その後、校長先生がどうやって教育勅語の紙を棚から取り出し、どのようにしまったのか、朗読が終わるまでこの姿勢を保つのですから誰も見ていないのです。それは耐え難い苦しみでした。

「朕思ウニ」という言葉で始まります。「朕」というのは天皇陛下自身のことで、「私は思います」という意味です。その時の校長先生には天皇が乗り移っているのです。

「チンオモウニ　ワガコウソコウソウ　クニヲハジムルコトコウエンニ……」「ズー」

このわけのわからない言葉が延々と続くと、当時の栄養不足の子どもたちは鼻が垂れそうになるのです。でも、言葉の途中に吸ってはいけないと子ども心に思うので、コウエンニのあと「ズー」と鼻をすするのです。

「トクヲタツルコトシンコウナリ」「ズー」

笑いそうになりながら、でも誰ひとり笑いませんでした。注意もありませんでした。注意すべき先生方も最敬礼を崩すことができなかったからです。年に5度はこの勅語を聞いたと思います。これも暗記できました。僕より上の世代の人は、みんなどこかの部分は言えるはずです。

「御名御璽《ギョメイギョジ》」

不思議な言葉で勅語は終わります。

「ズー」「ズー」「ズー」

「なおれ」「ズー」

全員のズーで、わけの分からない儀式は終わります。しかし、決して汚してはならない尊いもの、目に触れることさえできぬものが運動場の正面にあるという思いはより深くなっていきました。その尊いお方のお言葉なら、そのお方が望むなら何でもしよう、いやなんでもできると思うようになりました。

「隠れるな」と言われたら絶対に言いつけを守る。そんな大人になろうと思いました。

隠れるか隠れないか、自分で決められる自由の大事さを思います。そのことを自分で考えることの大切さを思います。今の社会の中で、より強く思います。

とっても面倒なお手紙になってしまいました。ごめんなさい。

教育勅語の中身のことは次回書きたいと思います。

夕方散歩に出たら、鈴虫の声がしました。秋ですね。月もきれいです。

2023年8月26日
坂本　勤

問いかける

拝啓　坂本先生

室蘭も暑い日が続いています。夏野菜、いいですね。わが家の食卓には、ご近所さんのお庭で穫れたパーンと大きなトマトやピーマンが並んでいます。

先生、「隠れる」ってそうですね。隠れられるわけないですよね。それに伯父の書き残したものや手紙を読むと、隠れるどころか勇んで行っているんです。

先生からのお手紙を読んで、わが家のどこかに教育勅語を書いたものがあったなあと探してみました。伯父が残した本の中に、昭和7年発行の『日本皇室論』(猪狩又蔵著)というのがあります。「第十四章　道徳の中心たる皇室」のなかの「第二節」に「教育勅語」がありました。がんばって読んでみようと思いましたが、難しくて古い漢字がたくさん並んでいて、意味もまったく分かりませんでした。

「第一節」には「軍人勅諭」というのが載っています。すごく長いし、カナも難しくて、読めませんし、まったくわかりませんでした。勅諭本文のあとに「國史の誇」という章があります。

「未だかって外人の爲《ため》に戦敗の恥辱を被ったことは無い。……我が武勇が何故に斯《か》く勝ぐれてゐるのであろうか……我が國民は天皇を神として崇敬し、君の爲、國の爲には水火をも辞しない。これが尊き我が民族の魂である。故に武勇の根本精神は一系の天皇を奉戴して忠節を盡《つく》す所の道徳に基いてゐるのだ。……我が軍人、我が國民をして眞に勇武ならしむる源泉が、天皇の御一身に在ることが最も明らかに了解せられねばならぬ。……眞實君の爲国の爲戦う軍人ほど強いものは無いと信ずる」

伯父はそこに鉛筆で線をひいているんです。本当にそう思っていたんですね。戦いに負けるわけがない、国のために戦う軍人ほど強いものはないって信じていたんですね。

本の最後には、大きな神社の前に大勢の軍人さんがたすきがけをして整列している写真が挟まれていました。


先生、私はわからないんです。

子どもたちや若者が国のために戦おうとする。国のために命をかける。そう国は教え込む。それは国にとってなんの得があったのですか。

子どもや若者が死んでいく国に、国の未来はあるのですか。国のための子どもではなく、子どものための国ではないのですか。

祖母は、いつもおいしいものを作ってくれました。コロッケなんか絶品。いくつでも食べられました。おはぎもおいしかった。蓋《ふた》つきの瀬戸物に、ひじきの煮物やおからの煮物、クジラ肉をショウガで煮たものなんかをいつもたくさん作っておいて、食卓に並べていました。

私が中学生くらいの時です。ある時、小さく切ったサツマイモをのせた蒸しパンを作ってくれて、長いすに二人で並んで食べていたんです。

祖母はふっくらしているので、隣に座るとフワーッといい気持ちになります。どうしてそんな話になったのか覚えていないのですが、私が「おばあちゃんでも嫌いな人っているの？」って聞いたんです。祖母はすぐに「東条英機」と言いました。

私、びっくりしました。気丈な人でした。そんな話は一度も聞いたことなんかありませんでした。そしてすぐに、「東条英機に会ったらツバを吐きかけてやりたい」と祖母は言いました。

その時、二つに割った蒸しパンの黄色いパンくずが、祖母の水色の前掛けにポロポロと落ちてきたことを覚えています。「東条英機って、もう死んじゃった人でしょう？」って言葉を、私は言えませんでした。

戦後30年ほどが過ぎていたころです。あの時にはわからなかった祖母の気持ち。今、もし娘が出かけたまま、どこでどうなったのかわからなくなってしまったら、何十年経とうが忘れるわけないもの。ずっとその気持ちのまま生きていて、東条英機を恨むことしか心のやり場がなかったんですね。

伯父のお骨の入った小さな小さな木の箱を、私は祖父母が亡くなったあと、そっと開けてみたんです。中には10センチ四方の薄っぺらい紙きれが1枚。「英霊」と書かれていました。時々、祖母の着物の八つ口から手を入れると、二の腕がポタポタと気持ちよくて、いつまでも触っていたことを思い出します。いま祖母に会えたら、どんな話をしたのかな。

こちらは雨が降ってきました。先生のところも雨降りでしょうか。

2023年9月1日

今　美幸

突き刺す

拝啓　今美幸様
札幌、雨やみました。すっきりした秋の空です。
今日、トンボを見ました。すいっと目の前をよぎって消えていきました。季節がゆるやかに流れているのを感じます。

お手紙ありがとうございます。

「戦争をして得をすることがあるのか」という重い問いがありました。人の命が地球より重く、それを失うことが何物にも代えがたい損失と考えるならば、死を伴う戦争に得をすることなど何もないと僕は答えます。失うものが得るものをはるかに超えているからです。

「国のための子どもではなく、子どものための国であるはず」というあなたの言葉に深く共感します。しかし先の戦争の時には、「お国のためになる子どもになる」、いや「お国のためなら命をささげられる子どもになる」と教え込まれていたことを思い出します。僕もそう思っていました。

僕の小学校1年生の運動会は、第2次世界大戦のさなかでした。団体競技は、女の子と手をつなぎ、木の棒をわらの束に突き刺して帰ってくるという不思議なものでした。毎日、その棒を力いっぱい刺すという練習をしました。

運動会の前の日、先生は「明日は棒の先をうんととがらせてきなさい、そして日の丸の旗をつけてきなさい」と言って白い紙をくれました。

僕は兄に、棒の先をとがらせてもらいました。日の丸の旗は自分で作りました。

競技が始まるとき、先生はこう言いました。

「昨日まで練習してきたわらの束に、今日はルーズベルトとチャーチルの顔が貼ってあります。憎い敵です。力いっぱい、その旗を突き刺してきなさい」

僕たちは「はーい」と返事をしました。僕は背が小さかったので、一番はじめに走ることになりました。棒を握りしめてルーズベルトの顔の前に立ちました。

棒はまだどこにも刺されていません。僕は急所はどこだろうと考えながら、力いっぱい棒を目に突き刺しました。ぶすっと音がしました。

たくさんの棒が刺さって、そのアメリカの大統領とイギリスの首相はみじめな様子になりました。日本はアメリカとイギリスと戦っていたのです。

「戦場で兵隊さんが戦っているように、私たちも戦うのです」というような放送が入りました。

僕も兵隊さんと一緒に戦っているんだという気持ちになり、わくわくしました。

きっと戦争に勝つと思いました。先生はみんな、同じことを言いました。「アメリカ人やイギリス人は人間ではありません、敵です」といった言葉です。「そうではない」と言う大人はいませんでした。


あなたのおばあちゃんは、戦後30年たっても「一番憎い、ツバをかけたくなる人は東条英機だ」と言ったと書かれています。戦中の大将ですね。戦後、A級戦犯として裁かれ靖国神社に合祀された人です。僕は、おばあちゃんの言葉にかなりびっくりしました。

大抵の人は「一番憎いのは戦争だ」「原爆だ」と答えると思うからです。そうでなければ「ルーズベルト」「チャーチル」など、敵であった人の名前を挙げるのが自然です。

戦争を「黒雲立ち込める漠然とした怖いもの」ととらえて話すことが多かったことに僕は気づきました。しかしおばあちゃんは、はっきりと「人が起こしたもの」ととらえています。戦争を指揮した人をきっぱりと指さしたのです。

戦争を漠然としたものととらえると止めることが難しいのですが、一人一人の意志が起こしているという視点を持つと、少しだけ対象が明確になります。

あなたのおばあちゃんも、小学校1年生の僕も、あの戦争が芽生えさせた自分の中の敵意や攻撃性を体験しています。普通に暮らす普通の僕らが、会ったこともない人へこのような強い感情を経験するのが戦争というものなのだろうと思います。この抗うことのできない強い感情を、そしてその感情が浸透した国全体を、損得の視点で扱おうとする人たちもいます。

先の「戦争をして得をすることがあるのか」という質問が、「お金を儲けることができるのか」という問いだとすると、「儲かる人もいるだろう」と残念ながら僕は思っています。

日本の戦争のすぐ後に朝鮮戦争がありました。今も終戦していません。停戦中です。その戦争が始まった時、アメリカが日本から、戦争に必要な兵器以外のものをたくさん買ってくれたので、「朝鮮特需」と言われるほど景気が良くなりました。買ってくれたものは服、毛布、テント、鋼管、コンクリートなどでした。そうしたものを扱う人はもちろん、日本全体の景気がそのおかげで良くなったのは事実です。神武景気などとも言いました。

第2次世界大戦のときにも、軍備にかかわる一部の企業が利益を得ただろうということは想像がつきます。飛行機を船を銃を軍服を戦車を食料を、戦争に必要なものすべてを、誰かが、お金をかけて作ったのですからね。軍需産業という言葉も生まれました。

国のために命をかけて戦う人がいて、戦いを横目に、それを利益を得る場と考える人もいる。それらの人を「死の商人」と呼んだりもします。まさに死を扱う商人だと思います。

私たちは議会制民主主義の国に生活しています。その代表は私たちが選んでいます。

「子どもたちを大切にする国をつくります」「戦争のない平和な国をつくります」「安心安全を

守ります」

その言葉を述べたのは一人ひとりの議員です。現在の社会の様子を見て、そうなっていなければ、私たちは議員ひとりひとりの顔を見て、その言葉をもう一度たしかめた方がよいでしょう。そして、議員の顔だけでなく自分を省みて、もう一度いま、どのような社会を、未来を望んできたのか、自分自身で感じてみたいと思います。

僕たち世代には戦時の空気の体験があります。しかしその体験がない人にも、私たちが住むこの国に根付いてきた、あなたのおばあちゃんの、誰かのおじいちゃんの、自分の家族につながる誰かが体験した戦争への思いが受け継がれてきているはずです。その人たちの家族への思い、人への優しさは、現代のみんなにつながっています。

明治生まれの凛としたおばあちゃん、素敵な方なのでしょうね。

さっきのトンボが出窓の横板にとまって羽を休めています。またお便りします。

２０２３年９月４日

坂本　勤

そして考える

拝啓　坂本先生
長かった夏もそろそろ終わりのようですね。お返事が遅くなりました。

先生、私、正直に書きますね。前のお手紙にある「死の商人」という言葉を読んだときに、次に何を書いたらいいかわからなくなってしまったんです。

すごく迷いました。もうお手紙を書けないのではないかと思いました。

天然の良港といわれる室蘭港には大きな船が入ってきます。その港を取り囲んでいるのは工場群です。真っ白い白鳥大橋が海に浮かび、小さな山も続き、展望台からの景色は豊かで見飽きることがありません。

私はこの街の風景が大好きです。

戦時中、この街の大きな工場は軍需工場だったそうです。それで栄え、潤ってきた街だと、室蘭に越してきたばかりの頃に聞いたことがありました。だから、お手紙にあった「軍需産業」という言葉が、この室蘭に住む私には胸に突き刺さりました。

「戦争をすることでなんの得があったのか」と聞いたのは私ですし、先生が室蘭のことを指して言っているのではないこともわかります。外国の大きな軍需産業の会社や、どこか遠くの街の大きな会社のことをおっしゃっているのでしょう。

でも、古くから室蘭に住まわれている方たちが読めば、「この街が軍需産業の街であり、それで食べてきた」と受け取るのではないかと想像しました。

長い時間、考えてみました。

もう何年も前に、ある女性から聞いた話を思い出しました。室蘭に住む当時80代の女性です。

戦時中、その方のお父様は市内の大きな工場に勤めていて、家族みんなで社宅に住んでいたそうです。昭和20年7月14日の空襲では、港にいた多くの日本の船が撃沈され、翌15日には、何隻もの米軍の戦艦から、人の体ほどの大きな砲弾が何百も、この街や工場へ撃ち込まれたそうです。亡くなった方のご遺体の損傷は激しく、社宅などの被害も大きく、防空壕の中では女性や子供がたくさん亡くなったそうです。

車の助手席に娘を乗せて、市内の国道を走ってみました。片側には工場が数キロも続きます。反対側には小さな山が続き、その中腹には民家が立ち並んでいます。社宅があった付近です。その山の向こうは海です。車からは海は見えません。

この山を越え、火のかたまりの大きな砲弾が何百も飛んできた。私は怖くなりました。もし今、砲弾が飛んで来たら、私はどうしたらいいのだろう。娘をグッと抱きしめたくなりました。7月15日、どれほど怖かっただろうと思いました。

この2日間で亡くなったのは500人近くにもなったそうです。そんなふうに考えてみると、500人というのは人のかたまりではなく、一人一人、少し前まで笑っていた子と、抱きしめるお母さんもお父さんもいたのだとわかりました。

室蘭は軍需工場があったから、米軍に攻撃され多くの方が亡くなった。そのことを一番悔やんだのは室蘭の人たちだと気がつきました。

私の想像の何万倍も嘆き苦しんだに違いない。きっとその頃に生きていた人は、どんな方もどんな職業の方も、みんな深く深く、悲しい思いをしたのだと思いました。

戦争が終わっても数年の間、港は、撃沈された船や機雷が沈んでいるため封鎖され、荒れていたそうです。


今の室蘭市は平和都市宣言をしています。その宣言文の中にこんな文章があります。

「恵まれた自然を守り、平和で幸せな未来を子どもたちに引きつぐことは、戦争で多くの大切な命を失った室蘭市民のつとめです」

先生からのお手紙で、私は自分が住む街について考えることができました。今の室蘭港は青い海で、外国から大きな客船もやってくるんです。きれいな港です。

中秋の名月、今年は9月29日だそうです。晴れるといいですね。

今　美幸

２０２３年９月21日

「戦争反対」

拝啓　今美幸様

庭に植えた3本の南蛮が食べきれないほどに実をつけ、毎日の食卓にのぼります。うれしい収穫の秋です。

風が透き通ってきました。月も冴えています。

いただいたお便り、心をのせて読ませていただきました。そして、言葉の持つ重さと心を刺す鋭さを思いました。気をつけて言葉を選びたいとも思いました。

戦中500人の方が亡くなったという室蘭。あなたはこう書かれています。

「500人というのは人のかたまりではなく、一人一人、少し前まで笑っていた子と、抱きしめているお母さんもお父さんもいたのだとわかりました」

僕も心からそう思います。生きている一人一人に、大事な家族や友人や、つながるたくさんの人がいるということ、人は一人で生きているのではないということを深く思っています。そして社会全体ともつながっているのだとも思います。

農業を営む人も、工場で働く人も、新聞社の人も、公務員も、それぞれが独立しているのではなく、日本を生きる人としてつながっています。同じように、世界ともつながっています。

ルーズベルトの目に棒を突き刺した時、僕は戦地の兵隊さんと同化していました。その時の学校も、応援してくれていた父母の皆さんも同じだったと思っています。

だから、僕は一段高いところから、大声で「戦争反対」なんて叫ぶことができないのです。そんな資格はないと、いつも思ってしまうのです。

子どもだった僕も、あの時進んで戦争に参加していた、応援していたと思うからです。被害者としてではなく加害者として。


僕は退職した後、M中学校で時間講師をしていました。1年生の担任をしているT先生の向かいの席になりました。ある日の昼休み、T先生は給食指導から帰って席に着くと、ハンカチで涙をぬぐっていました。

「どうかしましたか」と聞くと、こんな答えが返ってきました。

「自分の名前をもじって男の子にからかわれるのが嫌だって言っている女の子が私のクラスにいるんです。それをやめさせてほしい、とその子に昨日頼まれたんです。その子に、みんなの前でその話してもいいかいって聞いたら『いいです』って言ったので、昼休み、みんなに話したんです。このクラスに、みんなにからかわれてつらい思いをしている人がいます。でも私はそのことに気づけなかった、その子に相談を受けるまで気づけなかった。ごめんなさい、力のない先生でごめんなさい……って言ったら、悲しくなって泣けてきちゃったんです。だめで頼りない先生なんです。担任失格です」

僕はその言葉に感動しました。自分だったら、こう言っただろうと思ったからです。

「このクラスに、人の嫌がることを言って相手を傷つける生徒がいる。そんなことを平気でしてしまう人がこのクラスにいると思うと悲しい」

僕はそう言って泣くのではないかと思うのです。でもその涙は、その女の先生のものとはまったく違います。

この女の先生は、自分の指導力のなさが原因で問題が起こったと、まず一番に考えています。相手を責める前にです。

僕の場合は、「自分は決して過ちはしない、そんな過ちをする人間がいることが悲しい」と言いながら、一段高いところで泣いているのです。

あとで僕は、その女の先生の言葉を聞いてどう思ったかを子どもたちに聞きました。

「先生、自分が悪いって言ったからびっくりしたさ」

「あの先生すごいと思った」

「こんな優しい先生困らしちゃいけないと思った」

子どもたちは分かっていました。先生のせいではないということを。先生の言葉が、自分たちの心に深く響いたことも。

戦争がありました。国民総力を挙げての戦争でした。みんなが手をつないで日の丸の鉢巻きをして、女性は竹やりをもって。

反対した人は、少なくとも僕の周りにはいませんでした。心の中で反対していたという人は戦後たくさん出てきましたが。

僕はやっぱり、一人一人の小さい力が結集して引き起こした戦争であったととらえたいと思っています。責任は、あの時代を生きたすべての人にある。小さかった僕にも。だから、そんな僕を時代がどうやってつくりだしたかを考えたいです。学びたいと思います。

小さくても、虫は殺しちゃいけないと思います。動物を虐待しちゃいけないと思います。人間を苦しめちゃいけないって思います。地球をいじめちゃいけないって思います。

だから、こう言います。

昔失敗をして、この国はつらい戦争を引き起こした。自分もその失敗を先導した一人だ。それを反省したいと思う。どんなことが、どんな思いが、どんな制度があんな失敗を引き起こしたのか、まず自分の思いとして考えよう、と。自分を出発点にして考えよう、と。

政治家の皆さんには、明治維新から現在までの歴史の流れを学んで、その上で政治判断をしてほしい。そして、その理由を分かりやすく説明してほしいです。

涼しくなってきました。コスモスは、やっぱり秋桜という感じで揺れています。

２０２３年９月25日

坂本　勤

焼けあとのちかい

拝啓　坂本先生

お手紙ありがとうございます。わが家のまわりにも、こぼれ種から咲いたコスモスが風に揺れています。

「佛《ほとけ》も地下にて御厚志の程■《よろこ》んで居ると存じます」

実家に保管してあった古い手紙の1行目に、青いインクでこう書かれています。書いたのは私の祖父です。あて名は伯父の大学時代の友人でしょうか。祖父が投函したものが戦後、郵便事情が悪かったのか戻ってきたようです。

「佛も地下にて」。祖父は伯父が地下に、と書いています。あの世とか冥土ではなく、息子は地下なのだと、どんな気持ちで書いたのだろうと思いました。

手紙の束の中にはこんなものもあります。

謹啓
海軍　中島良次郎殿　昭和二十年二月十八日　比島方面ノ戦闘ニ御奮闘中　遂ニ名誉ノ戦死ヲ遂ゲラレタル旨所属部隊ヨリ報告有之候條取リ敢ヘズ御通知申グルト共ニ謹ミテ深甚弔意ヲ表シ申候

昭和二十一年五月二十日

第二復員省人事局長　川井　巌　海軍

ほんの数行です。祖父は敗戦のその日から、息子がいつ帰るかいつ帰るかと待ちわびて、やっと届いたのがこの手紙だったようです。ハサミでこの封を切るときの、祖父の胸の鼓動が聞こえてきそうでした。

その後、祖父は伯父の戦死の状況を問い合わせるために復員省に何度も手紙を出したようで、こんな返事もきていました。

戦没状況　　中島良次郎
第三南方派遣艦隊司令部附トシテ昭和二十年二月十八日　比島方面ニ於テ壮烈ナル戦死ヲ遂グ
第二復員省

比島、フィリピンのどこか、わかったのはそれだけです。祖父は、その青い海に浮かぶ島の地下のどこかに息子が眠っていると思い続けていたのです。名誉とか壮烈とか、そんな言葉で飾られたその茶色くなった紙を何度、読んだのでしょう。

祖父もまた息子を亡くした被害者でありながら、送り出した自分にも責任がある、加害者でもある――と悔やみ続けていたのではないでしょうか。

伯父の部隊は震洋隊といいました。一人乗りの小さな船に爆弾を積んで、相手国の船に体当りするというもので、「人間兵器　震洋特別攻撃隊」ともいうそうです。

同じ震洋隊に所属していた小説家の島尾敏雄さんが、『魚雷艇学生』という本にその船のことを書いています。

「うす汚れたベニヤ板張りの小さなモーターボート。緑色のペンキも色あせ、自分の命が甚だ安く見積もられたような気がした」

「赤ん坊、妹、父などが先の世に行き延びるための犠牲であるのなら自分の特攻死も諾《うべな》われそうだ」ともありました。

佐世保港から比島の小さな島へ向かった日本軍の船は途中で何艘も撃沈され、やっとたどり着いた伯父の部隊は、武器であるその小さな船も失っていたようです。上陸してほんの数カ月後、米軍に囲まれた日本軍はトンネルに逃げ込んだそうです。私がわかったのはそこまででした。

私はこのことを本で調べ知った時に、悔しくて、悔しくて。伯父がどんなに無念だっただろうと思ったんです。「犬死」という言葉まで浮かびました。

長崎県川棚町に水雷学校があり、伯父たちの部隊は大村湾で操船の練習をしていました。数年前の夏、私はそこへ行ってみました。「特攻殉国の碑」が穏やかな湾に向かって立っていました。暑い暑いこの地で、伯父は死んでいく船の操作を練習していたのかと思うと、無念さが伝わってきました。

でも、その思いは恥ずかしいことだと気がつきました。特攻隊の飛行機や船に体当たりされれば、そこにはまた同じような年ごろの若者が乗っている。そう気がつきました。

殺したり殺されたり、殺さなければ自分が死んでしまう。被害者になり、加害者になり、それが戦争なんですね。

そんなことをさせるために、国は子供たちを育てたのでしょうか。

遠い外国で、子供がライフル銃を持って戦っているのをニュースで見たことがあります。

少年兵士。なんてひどい国だろうと思いました。でも、日本でも起こっていたことなんですね。

先生は「大声で『戦争反対』なんて叫ぶ資格はない」と書かれています。いいえ、どうぞ大声で叫んでください。私は怖いんです。

戦争を知っている政治家や小説家、芸術家、漫画家、叫ぶことができる人たちがどんどん少なくなってきました。政治家の口から「武器」とか「敵基地」とかそんな言葉が出るようになりました。私たちが気がつかないでいると、静かにソーっと何かが動くような気がします。

先日、半藤一利さんの『焼けあとのちかい』という絵本を読みました。15歳の時に東京大空襲にあい、逃げ惑った時のことを書かれていて、その業火のすさまじさにゾッとしました。


絶対に神風がふく。絶対に日本は負けない。絶対に焼い弾は消せる。

この世に「絶対」はない、ということを思い知らされました。

しかしいま、あえて「絶対」という言葉を使って伝えたい一つの思いがあります。

「戦争だけは絶対にはじめてはいけない」


最後はこんな言葉でした。

あの時代を生きた先生は、どうぞ「戦争反対」と叫んでください。

「一人一人の小さい力が結集して引き起こした戦争」——。先生が書かれたそのことを、戦後生まれの私にも一緒に考えさせてください。


今日は白い雲が風に流れて、あっという間に窓から見えなくなります。

２０２３年10月2日

今　美幸

泣く

拝啓　今美幸様
大雪山に初雪が降りました。高齢者にとっては気が重い季節です。雪かきは大変です。おじさまの実体験が書かれているお手紙、胸の詰まる思いで読ませていただきました。

僕の6歳から8歳にかけて、日本は戦争の中にありました。しかしその間、一度も僕は戦火を目にすることがないまま、戦争は終わったのです。

僕の生まれた上川村は、四方を山に囲まれた盆地です。駅を出て前方左寄りに峠があります。町の全体を見渡すことのできる越路峠です。右に目を移すとスキー場が見えます。その下の方に僕の家はあって、スキーで山を滑り降りると家の前に着くことができました。後方に大雪山がそびえています。静かで穏やかな村でした。

そんな村にも戦争はありました。若い男性が次々と兵隊さんになって出て行きました。

出征といいました。「Yさんの息子K君名誉の召集」と回覧板が回ってきたのは、セミやコオロギの鳴き声で村が燃えるように熱くなった夏のことでした。

僕の家から数軒離れたところにYさんの家はありました。出征されるお兄さんの下に、かなこちゃんという同級生の女の子がいました。その子は病弱で、入学式の日にお母さんと一緒に学校に来ましたが休むことが多く、一緒に学校に通った記憶がありません。

出征の日、Kさんは自分の名前を書いたたすきをかけ、りんご箱に上って挨拶をしました。横にお父さんが並びます。

「天皇陛下の御ために命を捧げてまいります。死して虜囚の辱めを受けず、堂々と散ってまいります」

緊張した声でした。畑仕事を手伝いながら「勤ちゃん、勉強してるか」なんて声をかけてくれる優しいお兄さんの顔ではありませんでした。戦う兵士の顔でした。玄関にお母さんとかなこちゃんが立っていました。2人ともしっかりと顔を上げています。

町内会長が「K君、万歳!」と叫ぶと、参会者が全員で旗を振りながら万歳三唱をします。お母さんは空を見あげているようにも見えました。ときおり、お母さんの旗を振る手が止まります。かなこちゃんは、透き通るような白い手に持った小旗を小さく振っています。

「出征兵士を送る歌」を歌いながら行進します。僕も歌いました。

わが大君に召されたる　生命《いのち》光栄《はえ》ある朝ぼらけ

讃えて送る一億の　歓呼は高く天を衝く
いざゆけ　つわもの日本男児

列車が動き出すまで旗を振り続けました。列車が見えなくなった時、お母さんはちょっとよろけたように見えましたが、すっと姿勢を正し、何事もなかったように歩き始めました。

それから半年後、K君の戦死の報が、空っぽの骨箱と一緒に届いたのです。

大雪山に初雪が降った日でした。

僕は母に醤油を買うよう頼まれて、Yさんの家の前を通りました。真っ赤に泣きはらした目をしたお母さんが、物置きから出てくるところでした。僕と目が合うと、懇願するような表情で顔を手拭いで拭くと、そのまま葬儀の手伝いでごった返している家に入って行きました。見てはいけないものを見たと、僕は思いました。子ども心に、これは誰にも言ってはいけないことだと思いました。

「立派な態度だった」「気丈にふるまって偉い人だ」「涙を一度も見せなかった」

葬儀の後、近所の人がこんな言葉を交わすのを僕は聞きました。でも僕は、陰で泣いていた、ちっとも偉くないお母さんのことを口にしませんでした。

不幸はさらに続きました。小学校3年生になったばかりの4月、かなこちゃんが亡くなったのです。僕もお参りに行きました。かなこちゃんは透き通った顔で、まだ布団に横になっていました。泣きはらしたお母さんの姿がありました。

湯灌《ゆかん》が始まったとき、お母さんは叫んだのです。

「かなこ死んじゃダメ。かなこ、お母さんおいて死んじゃダメ！」

どこにそんな大声を出す力があったのだろうと思うくらい、腹の底から噴き出すような声でした。叫びながら、誰にも渡さないというふうに、お母さんはかなこちゃんに覆いかぶさったのです。

「ダメ、ダメ……」。悲痛な声は、お父さんがお母さんを抱き上げるまで続きました。

参会者もみんな泣きました。僕も泣きました。病死は、泣いてもいい死だったのです。

今なら僕にもわかります。

K君が戦死して帰ったあの日、お母さんは物置きで、誰にも知られぬように声を殺して泣いていたのだということ。叫びたい思いをこらえて。どこにぶつけてよいか分からない怒りをこらえて。

戦死者は名誉の死、むしろ祝うべきもの。病死は泣いてもよい死。二つの死は同じ重さを持った死であることに僕が気づいたのは戦後でした。そのくらい僕は無知だったのですよ。

教育勅語〈チンオモウニ　ワガコウソコウソウ「ズー」〉

あの言葉の意味を知ったのも、大学に入ってからでした。僕の解釈です。違った解釈をする人もいます。

「…私は思います（私というのは天皇です）。私たち天皇の祖先は立派な人ばかりです。あなた方は私の子ども（臣民）です。親が子を大事にするように、私もあなた方を大事にします。当然ですが、あなた方も親を大事にしなさい。兄弟仲良く、夫婦仲良く、友達を大事にして勉強しなさい。憲法は大事にしなさい。そして、何か起こったら天皇家を守るために奉仕しなさい…」

分かりやすくいうとこんな内容です。何かあったらという部分は「一旦緩急あれば」と書かれています。これを災害ととらえる人、戦争ととらえる人がいます。戦中はこれを戦争ととらえ、天皇に奉仕することとして一般の人は受け止めていきました。

どちらにも取れるこの二面性を持った文章が、日本に大義を与えてしまいました。そして、戦争を放棄した憲法を持つようになった今の日本においてさえ、教育勅語の中の「親孝行」や「兄弟仲良く」という部分を抜き出して、学ぶ価値があると考える人もいます。家族を大切に思う気持ちは、教育勅語に学ばなくとも養えるものだと僕は感じています。

「あの時代を生きた先生は、どうぞ『戦争反対』と叫んでください」とあなたは書かれています。僕は心で思っていても、きっと叫ばないと思います。

それは、もう一つの思いがあるからです。

あの戦争に勝っていても、同じようなことを言っただろうかと自問し、その答えが出ないからです。

ある考えが潮のように世間を飲み込み始めると、当然のように自分も飲み込まれる弱い弱い自分を毎日見ているからです。

窓からのぞくと、中秋の名月はマンションの陰、外まで出るのはちょっと億劫で、見ることができませんでしたが、月見だんごは食べました。

2023年10月4日

坂本　勤

夢や希望や自由や春を

拝啓　坂本先生

秋ってどうしてこんなに天が高いのでしょう。お手紙ありがとうございます。

私、先生からのお手紙を読み返していて、〈K君のお母さんは物置きで声を殺して泣いていた〉というところで読み進められなくなってしまいました。

私の家は、戦争の話なんかしないようにしていましたから、子どもの頃に戦争の怖さを少しだけ知ったのは『はだしのゲン』や水木しげるさんのマンガでした。怖いもの見たさのような気持ちで読んでいたのかもしれません。

映画「火垂るの墓」もテレビで観ました。30年くらい前です。

遅い時間だったと思います。私は実家の茶の間で一人、テレビの前に足を崩して座って観ていました。戦時中に幼い兄妹が二人だけで暮らしていて、妹が栄養失調で亡くなってしまうお話です。最後のほう、妹のお骨を兄がドロップのカンに入れています。

その時、ガラーッと引き戸が開いて、出かけていた私の父が帰ってきました。立ったままテレビを眺めていた父は、突然「こんなもの観るな」とスイッチを消しました。

昭和ヒトケタ生まれで、丁寧に物事を話す人ではありませんでしたが、そうかといって決して横暴なことをする人でもありませんでした。

そのあと父は着替えに廊下へ出ていきましたが、あの時の父の剣幕は忘れられません。

祖母はいつも「眠れない」と言っていました。隣に寝ると、私の洗って濡れたままの髪を「風邪ひくから」と日本手ぬぐいでくるんでくれました。子どもの私には、夜なのに眠れないのはなぜなのかわかりませんでした。

祖母は、枕元に置いてあるセルロイドの針箱から糸切りバサミを取り出すと、湿布を小さく切って首筋に貼ります。布団の中はいつもツーンとした匂い。そうして肩まで布団に入ると、祖母がいつも話し出すのは「鍋島の猫騒動」というお話でした。「お姫様に化けたネコが、夜になると行灯の油をなめているの。その姿が障子に映ると、口が耳まで裂けていて……」。いつも同じ話。でもやっぱり私は怖くて、布団の中で体を丸めて聞いていました。

戦争は怖いし、嫌いです。

いつか戦争のことを書きたいと思っていました。でも、何も体験はしていません。史実もよくわからない。何を書けるだろうと思った時に、口をつぐんでいた祖父母や父の心なら書けるかもしれないと、3年ほど前、戦争のことを新聞に投稿してみました。

読んでくださった方が声をかけてくれます。「私の祖父も……」とか「子どもの頃に……」と話し始める人はとても多いです。皆さん、いつもは口に出さずとも、そんな思いを持っているんですね。

友人のお母様が京都生まれで、私が書いたものを読んで、電話をくださいます。戦争が始まったころ、京都の町を白い詰め襟の制服で歩く海軍さんはとても素敵で、女学生たちのあこがれの的だったそうです。前から来ると「キャー」という声をおし殺して建物の陰に隠れるのだそうです。

「まるで少女マンガですね」って私、言いました。でも友人のお母さんは「あの方たちね、若かったでしょ。みんな、激戦地に送り込まれたのよ。日本は勝っているって思って行ったのよ」って。

そして、京都のことも教えてくれました。もう日本中に空襲が始まっていた頃、京都も被害にあっていたそうですが、文化財が多くあるため焼かれることはないと噂されていました。京都駅は大阪などから逃げてきた人たちでごった返していて、その中には黒焦げに焼けた服を肩からさげている子どもたちが大勢いたそうです。

私、佐和子が時々、媚びを売るように瞼《まぶた》をパチパチと動かすことがあって、そんな時、「ほら、こんな顔するのよ」って祖父母たちの写真を見てしまうんです。

「日本人はそんなにバカじゃない。あんな戦争を二度とするわけがない。だから、お前たちはあの時の子どもが手に入れられなかった夢や希望や自由や春を手にしなさい」

祖父母も父も、そんな思いで私たちを見ていたのかなって今になって考えます。

祖母はいつ泣いていたのかな。考えてみると、泣いている姿を一度も見たことがありませんでした。

２０２３年10月11日

今　美幸

戦後の戦争

拝啓　今美幸様

大雪山の初雪が冬の到来を知らせています。

村を取り囲む山の紅葉が進み、枯れ葉が風に舞います。朝霜の降りる季節です。家々の軒先で漬物にする大根干しが始まります。初冬の故郷です。

お便りありがとうございます。

昭和20年8月、戦争が、突然何の予兆もなく終わりました。本当に突然でした。前日まで、ラジオで威勢よく戦勝の報告がされていたのにです。

「わっ」と意味もなく声を上げながら、大きな不安が子ども心によぎりました。僕は8歳になっていました。生まれてから8年間、ずっと軍国主義教育を受けてきたのです。小さいながら、価値観は確立しかけていたと思います。

米英撃滅、鬼畜米英、アメリカ人やイギリス人は人間ではないという教育。彼らは生きるに値しない人間であるという教育、それは心の奥底にしっかり定着していました。それは、自分でも気づかないうちに、人を排他的に見る目を育てていました。よそ者を受け入れることのできない心です。

遠足に行くとき、村の分校の前を通ると校舎から石が飛んできました。僕たちも石を投げました。他校の生徒とケンカをするというのは普通でした。よそ者は受け入れないのです。それでも、村の静かな暮らしは戦後も変わりなく続いていました。

「吉田さんちの武ちゃんが足に怪我したそうだ」「武田さんちではもう大根漬けたって」「竹内さんの猫、かわいそうに死んだって」

村中の情報がすぐに広まりました。家族のように暮らしていました。家には朝から近所の人が遊びに来ていました。漬物をお茶請けにして世間話をするのです。

そんな均衡を破る出来事が起こりました。家の近くの牧場があったところに、引揚者住宅というものが建ったのです。上川に住んでいた人ではなく、よその土地から来る人もいました。日本が戦争によって支配していた土地に移住していた人たちが、敗戦になり帰国しなくてはならなくなったのです。その引き揚げの苦労がどれほど過酷なものであったかは、たくさんの記録の中に残っています。敵地を引き揚げるのですから、命がけであったことは間違いありません。しかし、僕たちはそのようなことは全く分からず、ただよそ者が越してきたととらえていました。

その引揚者住宅に住むことになったケン君という少年が転校してきました。色白でおとなしそうな子でした。

「あいつと話するな。生意気そうだ」

クラスのガキ大将が大きな声で言いました。「そういえば生意気そうだ」。訳もなく僕もそう思いました。ガキ大将は間違ったことは言わないと思っていましたから、言いなりでした。

ある日少年は、お母さんらしき人と買い物をしてきたのでしょう、二人並んで歩いてくるのが見えました。僕はガキ大将らと一緒に家の横で陣取りをしていました。

「あいつだ」。ガキ大将が言いました。

「あいつに石ぶつけてやるべ」

みんな小さな石を持ちました。さすがに、怪我をさせるような大きな石は持ってはいけないと思っていました。お母さんは軍隊のお古の毛布を頭からかぶっていました。男の子は荷物を持っています。

「やれ」。声がかかりました。

手を振り上げたその時です。男の子がお母さんの前に両手を広げて立ったのです。そしてまっすぐ僕らを見て、震える声で言ったのです。

「お母さんをいじめるな」

凛とした声でした。震えてはいましたが、どんなことがあっても、命をかけてお母さんを守るという強い意志と気迫がこもった声でした。

僕は手が震えるのを感じました。顔から血の気が失せていくようでした。恐ろしいほどの間違いを自分はしているのだということに、初めて気づいたのです。人間としてやってはならないことをやっている――。ケン君の刺すような目が、今も僕の心に突き刺さっています。

「やめるべ」

ガキ大将も同じ思いになったのでしょう。力なくそう言って、石を捨てました。

外地からの引き揚げの途中で、誰もが何度も命を落としそうな危険なできごとにあい、お互いを命がけで守り合わなければならなかった瞬間があったということを、ずっと後になって僕は知るのです。

自分の故郷に引き揚げた人たちは、もっと優しく受け入れられていたのだと思います。しかし、異郷の地に引き揚げた人の前に待っていたのは厳しい現実だったろうと思います。よそものを排斥する冷たい目との戦い。

同じ故郷の人にも、その日食べるものがなく、分けてあげる分の食料はなかったという現実もまたありました。

人に石をぶつけることさえ、いけないことだと思う気持ちを麻痺《まひ》させる教育というものがあるのです。人間の根源に必ずあるはずのものが、教育の力によって変えられてしまうということを、僕は最大の恐れをもって確信しています。

だから、人間を大事にする教育とは何かを考えたいと思います。考える力をつける教育を考えたいと思います。手に石を持つもう一人の僕をつくらないために。

銭湯が大好きです。露天風呂で目をつぶって考えごとをするのが好きです。

またお便りします。

２０２３年10月13日
坂本　勤

遂に帰らず

拝啓　坂本先生
先日はありがとうございました。やっと先生にお目にかかることができました。

小樽のホテルで「日本小児理学療法学会」があり、そこで私は娘のことを話しました。障害児のことを勉強されている若い人たちが日本中から来ていて、私は緊張で心臓の鼓動がドキンドキンと聞こえるくらいでした。

娘が赤ん坊のころからお世話になった理学療法の先生たちは、当時まだ20代でした。それからもう30年近く。娘の成長を喜び、楽しみながら見守ってくださって、みなさん今も立派に仕事を続けておられます。とても素敵なお仕事ですよと、若い人たちに伝えたい気持ちでした。

坂本先生にも「お話に希望がありました」と言っていただけて、とってもうれしかった。先生の優しい笑顔が心に残りました。

今日は秋晴れです。洗濯物をたくさん干して、今また先生からのお手紙を読み返しました。本やテレビで戦争を知っているだけの私は、8月15日の敗戦の日を境に、日本は明るい光に向かって進んでいったのだと思っていました。

引揚者住宅、そんなものがあったのですね。戦争はまだまだ続いていたのですね。

先日、新聞で「三船遭難事件」のことを読みました。敗戦から1週間たった8月22日、樺太からの引揚者を乗せた船が留萌沖で旧ソ連の潜水艦から攻撃を受け、2隻が撃沈、1隻が大破し、1700人以上の方が亡くなったとありました。私、恥ずかしいことですが、この事件のことをよく知らなかったんです。

新聞には、この記事を書かれた記者のお父様が当時8歳で、大破したこの船に乗っていて、突然の砲撃で巨大な箱のようなものに閉じ込められた様子が書かれていました。

私、怖くて仕方がないんです。戦争のことを読むと、そこに自分を置いてみることがあります。私ならどうしただろうって。でも戦争だけは逃げることも隠れることもできない。引揚者住宅に住んでいたケン君も先生も、その時生きていたんですね。

今日の新聞に、パレスチナ自治区のガザで、学校に避難する途中の女の子が泣いている写真が載っていました。涙を流しながら、握ったこぶしを噛んでいました。水もない。食料もないって。子どもを泣かせないこと。大人はどうして、たったそれだけのことができないのでしょうか。

先生、今日は一通の手紙をそのまま書き写させてください。茶色い薄い紙の封筒には、祖父が指で裂いて開けた跡があります。いつもは几帳面で、正座してから黒い大きなハサミを使う人なのに、きっと何か息子の手がかりがあるかもしれないと、震える手で封を切ったのでしょう。あて名は私の祖父です。中には、茶色く変色した紙にガリ版で刷った文字。きっとたくさんの方にあてて出したのでしょう。小さな字がぎっしり並んでいます。

謹啓　春暖の候、皆々様にはご健勝のことと存じあげます。

誠にぶしつけですが、此度第一期魚雷艇学生会員名簿により貴息子も名誉のご出征をされて居ることを知りまして一筆申し上げます。

私の長男も同じ学生として任務に就いていましたが現在では生死何れか判明いたしませんので、様子をご存じでしたら、ご厄介ながらご一報ねがいたいと存じます。少しでも情報、〇〇〇……心の慰めにしたいと思います。

昭和二十一年四月七日

北海道紋別郡雄武村〇町　　〇〇〇〇の父　T

記

昭和二十一年三月九日　　第二復員省人事局ヨリ「昭和二十年二月十八日コレヒドール島ニテ戦死セリ」トノ報アリ

昭和二十一年三月二十五日　第二復員省人事局釧路支局ヨリ「昭和二十年九月五日大尉ニ進級シ生存中ナルモノノゴトシ」

こんな知らせに打ち砕かれたり、光を見たり、そうして数年後の魚雷艇学生名簿には、この息子さんの名前の下には「戦死」という文字があり、ご遺族の名前はTさんから奥様の名前に変わっていました。

北海道出身のこの息子さんと私の伯父、それにもうお一方、十勝の方は、同じ水雷学校を卒業し、同じ日に同じ場所で亡くなっています。

先に書いた島尾敏雄さんの『魚雷艇学生』という本には、「北海道出身の○○は魚雷艇全艇を失ったあと、何人かと切り込みにでかけたまま遂に帰らなかった」とありました。

私、もしかしたら三人一緒だったのではないかと想像したんです。トンネルから出て走ったんですよ。日本刀を持っていたのかな。銃を構える相手軍に囲まれて、三人で走ったんです。思いっきり、思いっきり走ったんです。

北海道の野山をもう一度走らせてあげたかった。遺影の伯父は童顔のままです。

夜、テレビのニュースに中東の子供たちの涙が映っています。窓から見える山が赤くなってきました。

2023年10月24日

今　美幸

浮浪児

拝啓　今美幸様

札幌ではこの秋、雪虫が異常発生しました。家の前も大変です。ごみを捨てて家に入ると、セーターが白くなるほどたくさんくっついています。

昨日、大根を漬けました。わが家の秋の一大行事です。初めての体験です。

先日は佐和子さん、美幸さんにお会いできてほんとうによかったです。佐和子さんに受け入れてもらえて安心しました。「じてん」に僕の名前を加えてもらえたことも、うれしいことでした。僕の仕事は大根の皮むきです。

お手紙、深い共感を持って読ませていただきました。あなたの文章が心に刺さります。

僕が小学生の時には、いつも上着の胸のところに住所と名前を書いた白い布を縫い付けていました。学校の行き帰りに空襲にあってけがをしたり死んでしまった場合、身元が分からなくなったら困るからです。

「行ってまいります」

「行ってらっしゃい、気をつけてな」

毎朝の声掛けです。それは、もしかしたらこれが最後の別れかもしれないという緊張感を持ったものでした。「行ってらっしゃい」という言葉に込められていたのは、「無事に帰ってきてね」という祈りだったんだと、僕は今そう思っています。


ぼくの村は一度も空襲にあわず、表面的には平穏に敗戦を迎えました。

東京に大空襲があったのは昭和20年3月10日のことでした。B29と呼ばれる戦闘機が花火のように空を赤く染め、無差別に焼夷弾を落としたのです。木造建築がほとんどだったため、東京は一度に焼け野原になったのです。空襲による死者は8万人を超えるとも言われています。

その後の広島の原爆で14万人、長崎で7万人以上の人が亡くなったのです。その他の地域でも数えきれないほどたくさんの人が亡くなりました。

亡くなった子どもがたくさんいます。生き残った子もいます。その生き残った子どもたちに、親を亡くし、住む家を失った子どもたちです。空襲が去って平穏が訪れた時、親のいないことに気づくのです。

死と同じほどの重さを持つ過酷な生活が待っていました。

空襲を夢中で逃げ延びた小さな子どもたちは親を探します。でも親は死んで、いないのです。夜、寝るところも食べるものもないのです。幼児にもそれは襲ったのです。一人で生き抜くしかないのです。何も分からない、何もできない幼児が。親戚を探すことさえできない幼児が。

この子たちが生きる道は、食べ物を誰かからもらう、拾う、盗む、働いてお金をもらって買う――この四つでした。ただでさえ食べ物のない時代です。ごみ箱に食べ物を捨てるなんてことをする人はいません。食べ物を分け与える余裕のある人もめったにいません。働き口が子どもにあるはずもありません。

そんな過酷な状況にある子どもたちを、社会は「浮浪児」と呼んだのです。なんという冷たい言葉でしょう。いたわりも慈しみも感じないこの言葉にあてはめられた子どもたちの不幸と絶望を、僕は怒りを込めて思います。

上野駅の地下道には、多い時には何千人もの子どもたちが生活していたと伝えられています。上野に闇市があり、そこで残飯が捨てられたり、闇市の手伝いをして食べ物をもらえたからだと言われています。

病気の子どもや怪我した子どもたちが毎日死んでいったそうです。その子たちに追い打ちをかけるできごとがありました。アメリカの駐留軍から「浮浪児は不潔だから排除せよ」と命令されたのです。

子どもたちを捕まえることを「かりこみ」といいました。人間に対して使う言葉ではありませんね。「かりこまれ」てトラックに乗せられ、施設に「運ばれた」のです。その施設もまた大変な状況だったそうです。子どもたちが施設から脱走するほどでしたから。

子どもを泣かせないことが、どうしてできないのか。

僕もそう思います。戦後、子どもたちを泣かせないどころか、過酷さを全身に負った子どもの尊厳をはぎ取った瞬間があったことを忘れないでいようと思います。彼らの境遇とその存在を表していた浮浪児という呼び名が、泣くことさえできなかった子どもたちの叫びにも聞こえるのです。

前々回のお手紙にあった漫画『はだしのゲン』は、広島の原爆投下の下、戦中戦後の苦難の時代を生き抜くゲンの姿を描いています。漫画家中沢啓治さんが、自らの体験をもとに描いたものです。

ノーベル賞作家、大江健三郎さんはこの作品を「広島に生きた民衆の記録であり、現代の民話である」と絶賛しました。音楽家の坂本龍一さんも「(大江さんの)『ヒロシマ・ノート』と、『はだしのゲン』が、核の問題を考えるきっかけになった」と述べています。

ゲンは泣きません。真っすぐに現実に立ち向かいます。しっかりと地面を足でつかんで。

この漫画は、広島の平和学習の教材になっていました。ところが最近になって、その描写が生々しすぎて、現代の子どもたちの教材にはふさわしくないという意見が出てきました。一方で、「いや、これこそ原爆の真実だから子どもたちに読ませたい」という人もいます。

両方の意見があっていいと僕は思っています。僕たち戦中を生きたものは、自分たちの暮らしの中にあった戦争の事実をできるだけ正確に伝える義務があります。しかし、その伝える真実は、僕の心のフィルターを通っています。どうしても主観が土台になっています。

客観的に見つめるには、たくさんの人の体験を聞く必要があります。資料を読む必要がありま す。『はだしのゲン』が、平和教育の資料として本当にふさわしくないのかを考え合いたいと思います。

「浮浪児」という言葉が、「かりこみ」などという恐ろしい言葉が、なぜ生まれたのかを知りたいと思います。生んだ時代を知りたいと思います。

講演であなたは、自分で織った布地で仕立てた青いワンピースで壇上に立たれました。凛として、かっこいいなと思いました。

またお便りします。

２０２３年10月29日

坂本　勤

茶色のコート

拝啓　坂本先生

昨日、朝顔が一輪咲いていたんです。濃いブルーの大きな花です。もう11月なのに。

夜は雷。耳に障害がある娘は、雷の音は聞こえないから、稲光が見えるたびに目をキラキラとさせているんです。

漬物の季節ですね。私も根室にいる時は、先生のように大根の皮をむく係でした。

故郷の根室では、大根のお漬物といえば紅鮭の入った「いずし」です。私の姑は、大きく切った大根に紅鮭を挟んだはさみ漬けも作ります。あんまり大根が大きくて、「お母さん、歯が曲がるよ」と言うと、「うまいものはでかく切れ」と言います。

姑は国後の生まれです。温泉があちこちに湧いていて暖かく、高山植物が咲き乱れていました。子どもたちは海岸を走り回り、学校へ行くのも忘れるくらい楽しい日々を送ったそうです。

しかし昭和20年9月、ソ連軍が侵攻してくると、父母と姉妹4人は小舟に乗り、筵《むしろ》をかぶって島を脱出。夜の海は荒れていたそうです。漕ぎ出すのが怖くて怖くて、その光景が忘れられないと言っていました。

もう少しで着くというところで高波を受け、船は転覆。真っ暗な中をかすかな灯りを頼りに泳ぎ、なんとか皆助かったそうですが、船も、持ち出したものもすべて流され、海岸に着いた時にはびしょ濡れの体ひとつだったそうです。


白い布が上着に……。そうですか。

先日のテレビでは、自分の腕にマジックで名前を書いているガザの子どもたちの映像が流れていました。遺体になった時に身元が分かるようにと。「7日から始まった紛争で、2704人の子どもが命を落としました」というアナウンサーの低い声も聞こえてきました。

ずいぶん前に根室の家を出る時、父と、父の弟が子どもの頃に着ていた襟のついた茶色いコートを見つけて、私、今もそれを持っているんです。昭和3年生まれの父が子どものころ、日本はもう戦争への道を進んでいたのでしょうけれど、それでもまだ家族皆が一緒に暮らしていて、父はきっと楽しくて、子どもの頃に戻りたかったろうなあって。

そのコートに、名前が書かれた白い布が付いていていて。「どうか、どうか…」と子どもの無事を祈って祖母が縫い付けたのでしょうね。

私の姉が埼玉に住んでいます。姉の夫は鹿児島県南九州市知覧町の生まれで、お姑さんも知覧の生まれです。鹿児島の女性は気立てが優しくしっかりしていて、「薩摩おごじょ」というのだそうです。大正11年生まれで、昨年お亡くなりになりました。

何度かお会いしましたが、色白でフワーっと丸い雰囲気で、お話するときは背筋をスッと伸ばして、まさに「薩摩おごじょ」でした。

戦時中、近衛兵だった兄に会うために上京。東京大空襲の日だったそうです。この日、300機の爆撃機から落とされた焼夷弾は1600トン。50センチほどの筒に爆薬とジェル状のガソリンが詰められた焼夷弾は火の雨となって降り注ぎ、家々や逃げまどう人の体について燃え上がり、東京の街を飲み込んだそうです。お姑さんが泊まっていた山の手の方から見える下町がどこまでも真っ赤に燃えていて、空まで赤く光っていたそうです。10万人の犠牲者が火だるまになって死んでいった炎の色だったんですね。

お姑さんの知覧のご実家は空襲で爆弾が直撃し、姑の姉は首から上がなくなり即死、姑の母は翌日、「あの子は生きていても幸せになれなかったのかしら」と言ってこと切れたそうです。

知覧には特攻隊の部隊がありました。米軍機は日本中のあちこちに爆弾を落とした後、「機体を軽くするために残った爆弾を落としていく」と町の人は噂していたそうです。緑多き街に普通に暮らしていただけなのに。

広島生まれの友人がいます。戦後の生まれです。小学生の頃、顔中がケロイドだった女の人が、参観日に後ろに立っていたそうです。『はだしのゲン』でしか知らない世界です。マンガに描かれたあの世界の中を、子どもだったその人は逃げ惑っていたんですね。広島も長崎も悲惨すぎます。

ウクライナで戦争が始まった時、きっとすぐに終わるだろうと思っていました。「戦争なんか嫌いだ」と、防寒着を着てうずくまって泣く男の子の映像がニュースで流れ、新聞の投書欄には「戦争反対」の文字が並びました。

募金をする人もたくさんいました。近くのコンビニにも募金箱がありました。どうにかなる。声をあげればどうにかなると思いました。でもそうではなかった。

今また、ガザで紛争が起こり、子どもがどんなに泣いても、いったん始まった戦争はすぐには終わらないことが分かってしまいました。

8月15日。もう1カ月早く戦争が終わっていれば、広島、長崎に原爆は落とされなかったんですね。半年早く終わっていれば、沖縄戦も東京大空襲もなかった。どうして戦争を終わらせることができないのでしょう。

室蘭も雪虫が少し、飛んでいます。

今　美幸

２０２３年11月２日

檻

拝啓　今美幸様
家の周りが雪景色になりました。ごみ捨てに行くとき滑って転んでは大変なので、滑り止めのついた冬靴にしました。

わが家の最大の年間行事である個展を終えてほっとしています。今さんには室蘭から足を運んでいただき感謝しています。

つたない作品の中につたない自分がいて、それを人前にさらす滑稽さも楽しむようにしています。絵に添えた言葉には自分の願望が入っていて、かなり背伸びして踏み台に上がっている自分がいるからです。

それでも、たくさんの人との出会いがあって、心豊かになりましたよ。

そんな穏やかさをよそに、世界の情勢は一層大変なものになっています。テレビや新聞で報道される、病院で毛布も掛けられず横たわる乳児、じっと大きな目を見開いて、泣くことさえ忘れている幼児、麻酔なしの手術に耐える若者……。画面を正視することのできない日々が続いていています。

いつまでこれが続くのか、暗澹《あんたん》たる気持ちにもなります。その絶望が一番怖いことだということも分かっています。世の中はこういうものだとあきらめてしまう怖さを思います。戦争を終結させる手立てを考えることをやめてしまう怖さを思います。

いま目の当たりにする戦場の悲劇は80年前、わが国でも体験したことでした。だから、日本は新しい憲法を作ったのでした。前文にはこう書かれています。

…政府の行為によって再び戦争の惨禍が起ることのないようにすることを決意し、ここに主権が国民に存することを宣言し、この憲法を確定する。

そして第九条。

日本国民は、正義と秩序を基調とする国際平和を誠実に希求し、国権の発動たる戦争と、武力による威嚇又は武力の行使は、国際紛争を解決する手段としては、永久にこれを放棄する。

これが、日本に生きる私たちを支え、守る土台になる憲法の理念です。暴れそうになる国家権力を閉じ込める檻です。

広島の弁護士・楾大樹さんが書いた『檻《おり》の中のライオン』（かもがわ出版）の中にこんな言葉があります。


政府は憲法という縛りの中で権力を振るう。ライオン（政府）が自由にルールを作ったり、人を捕まえたりしたら怖い。だから檻《おり》（憲法）があるんです。


それなのに、わが国は武器の輸出の規制を緩くし、昨日は大分県で、民間の飛行場に自衛隊機が離着陸する訓練が行われました。相手国の領域に直接攻撃を加える敵基地攻撃能力（反撃能力）を持つなんていうこともできるようになりました。

ライオンが檻から飛び出しそうになっています。頑丈な鉄格子があったはずなのにです。どこにそんな抜け穴があるのでしょう。

僕は憲法学者ではありませんので、その答えは分かりません。でも、憲法の条文に書かれている言葉は時としてあいまいで、解釈の幅がかなり広いことが要因かもしれないと思っています。

「国権の発動たる戦争」に対して「これは国権の発動じゃないよ」と言える。「国際紛争を解決する手段としては」には、「手段ではない」と言える隙間を文章は持っています。頭のよい檻のライオンは、その隙間を見つけているのではないかと、僕は勝手に想像しています。

言葉は、その広がりとあいまいさがあるからこそ、どんな読者にもゆるやかに届いていくとも言えますね。それが言葉の面白さなのですから、難しいものですね。

どんなに厳しい憲法を作っても、ライオンはその隙間を探して檻をこじ開けようとするだろうと思います。だからこそ、僕たちは良いライオンを見つけなければならないと思います。どのライオンを檻に入れるかは、国民一人一人が決められるのですから。


「ゆったり、のんびり生きたいな」と作品に書きました。「坂本さんはゆったりしているんだな」と思われています。

でも、本当の僕はせっかちです。せっかちだから「ゆったり」を願い、「生きたいな」と書いています。

言葉はいつも柔軟です。読み手が自由に読み取ることができます。

「人に優しくなれることが一番強いことだと信じています」と書きました。「そうはなれません」とある人に言われました。「そうですよね。僕の願望ですから」と僕は答えました。そう信じているのであって、できているわけではまったくないのです。

ゆっくりゆっくり作品を見てくれていた方が、帰るときに泣きながらこんな話をしてくれました。

「私は教員をしています。学級がうまくいかなくて悩んでいました。一生懸命になればなるほど子どもたちが離れていってしまうんです。でも、この作品の言葉を読んでいると、『それでいいんだよ。離れていきそうになったら追いかけて、また追いかけて、それを繰り返せばいいんだよ』と言われたような気がしたんです。うれしいです。力をもらいました。今やっていることを続けたいと思います」

僕の作品のどこにも、そんなことは書いてはありません。でも彼女は、自分の心にある思いを僕の言葉に重ねて読んでくれたのです。きっと、作品の中に自分を見つけたのですね。言葉の持つ柔軟さが、人の心の中に溶け込んだのだろうと思います。

日本国憲法を、美しい理想が詰まったものと感じている人がいます。押し付けられた憲法だ。改正すべきだという人もいます。違う考え方があっていいのだと思います。

考え合うことが大切です。討論する自由は保障されているはずです。ライオンも意見を述べていいと思います。でも意見が違うからと、檻を破ってはいけないと思います。

雪景色に、南国の旅行者が声を上げて喜んでいます。僕は、「ああ、つらい雪かきが始まる」とうんざりしています。でも、春はやってきます。

お便り待ってます。

2023年11月14日

坂本　勤

声

拝啓　坂本先生
天気予報ではしばらく雪マークが続いています。朝、あわてて外に置いてある鉢植えのバラの冬囲いをしました。海からの風で、指先が凍れます。

「せっかちだからゆったりを願う」というお会いしたときのお話がおかしくて。そのあとで、先生に「座右の銘はありますか？」と聞かれた私は、そんなこと考えたこともなくて、なにかカッコいいこと言わなくっちゃとあわてました。でも結局思い浮かばないので、観念して「ありません」と答えると、先生が「僕もないんですよ」って。

とても楽しくて、たくさん笑った一日でした。

あの日、私は先生に見ていただきたくて、古い一冊のノートを持って行きました。表紙には「国語學習帳　北斗一年生　中島良次郎」と書かれています。開くと、小さなマス目に「ヤマハケワ

シク　ミチハワカリマセン　トウトウタズネアテテ　トメテクレトタノミマシタ」と鉛筆で力を入れて書いたカタカナがびっしりと並んでいます。酒呑童子というお話のようです。

ノートの終わりの方には、「うちの子ねこはかわいい子ねこ、くびのこすずをちりちりならし、すそにからまり、たもとにすがる」とひらがなが並びます。そして最後のページには「ナカジマナカジマナカジマ」と、きっと名前を書く練習をしたのでしょう、何度も名前が書かれています。

伯父のノートです。大正11年生まれの伯父が小学校に入学し、このノートに名前を書いたのは昭和3年の春。根室は春といえどもまだまだ寒く、薪を焚いていたのでしょうか。祖母は伯父の弟（私の父）を身ごもっていたころです。

茶の間の机の前に、イガ栗頭で膝をそろえて正座した6歳の伯父は、ギュッと力を入れて鉛筆を握っていたのでしょう。私はこのノートを見た時に、伯父の肩を後ろから抱きしめて、「逃げなさい。どんなことがあっても逃げなさい」と耳元でささやきたくなりました。

その後、家は昭和20年の空襲で全焼しています。

戦地へ赴き、どこでどうしているかわからない伯父のノートを胸に抱いて、祖父母は真っ赤な炎の中を逃げたのでしょうか。表紙の「良次郎」と書かれた文字の真ん中あたりが薄くなっています。この名前の所に何度も指を置いて、「絶対に帰ってきなさい」――そう願い続けていたのでしょう。

子どもの未来…そんな言葉は絵空事のような時代だったのでしょう。それでも、伯父は短い青春を楽しんで、そして駆け抜けたんです。

古い小さなトランクに入っていた写真や手紙を、私は時々2階の小さな部屋の床に広げてみます。誰が写っているのかわからない写真もありますが、何度も見ていると、帽子についた校章や小さな名札に気付くことがあります。着物の袖を肩までたくし上げて、袴に学帽の青年は、誇らしげに少し上を向いてカメラの前に立ったのでしょう。伯父と手紙のやり取りをしていた友人だとわかりました。

日の丸を壁に掲げ、上半身裸の11人の男たちが、机を囲み肩を組んでいる写真もあります。写真の裏には「大学卒業迫ル日、別レノ会」とあります。日本は勝っていると信じ、激戦地へ行った人たちです。

袴の青年は敗戦後、無事に帰還されたようで、きっと幸せに生きたに違いないと私は思っていました。けれど、この方の父上は敗戦後に銃殺刑にあっていました。伯父と同じ「震洋隊」には、戦犯で死刑になった方もいます。この時代、生きていて幸せな人は一人もいなかったんだと、今さらながら思います。

そして、もしこの人たちがいま語り合うことができたら、何と言うのだろうかと思いをめぐらせつつ、写真を床に広げたまま電気を消します。

太平洋戦争の年表を見返すと、1941年12月に真珠湾で米軍に打撃を与え、翌年春からはミッドウェー、ガダルカナル島、アッツ島、サイパン島、レイテ沖と負け戦が続き、45年には硫黄島での撤退、陥落、玉砕、東京大空襲、沖縄戦、広島、長崎への原爆投下……。日本人だけで310万人もの方が亡くなって、やっと玉音放送が流れました。

その時、撤退は「転進」という言葉に置き換えられ、負け戦は隠され、もうすでに何万もの人が餓死し、海に消えているという事実を国民が知っていたら、戦争はここまで続いたのだろうかと考えます。でもその当時は、負け戦を伝えようとすれば力で押さえ込まれます。

人の心は弱いから、他人と違うことは言えないものです。物資が極度に乏しくなるにつれ、内心では「この戦争は負ける」と感じていた、という人が戦後に書いた文章を読んだことがあります。もしその方たちが当時、「負けるだろう」と言葉にすることができ、その声が広がっていたら、とも考えました。

そうして、先生がおっしゃる「皆が同じ考えを持ち、違う考えを排除しようとする、その怖さ」を考えることができました。大事なのは、子どもの頃から自分の考えを持ち、人の考えを聞いてみようとする心なのでしょうか。

先生、私は先生にもう一つ聞いてみたいことがありました。「先生が思う『いい人生』ってどんなものですか？」

あるテレビ番組で、その質問をした子どもに対する出演者の答えはこうでした。

「人間、死ぬまで何があるかわからないけど、僕は夢中になれる何かがあることがいい人生かな」

先生ならどう答えますか？

札幌は雪が降っているというニュースが流れています。まだ11月だというのに、厳しい寒さです。夜、近所の奥さんと立ち話をしていたら、雲の合間から丸い月が見えました。

先生、暖かくして風邪などにお気をつけください。

今　美幸

２０２３年11月26日

守るべき　たったひとつ

拝啓　今美幸様

寒い日が続きます。寒いのが苦手な僕は、貼るカイロをいつも手元に置いています。背中と腰に貼り、ぽかぽかにして首を長くして春を待っていますよ。

「いい人生」って何ですかという難しい質問をいただきました。

僕が講演を終えて帰ると、決まって家人に「どうだった?」と聞かれます。「ああ、よかったよ」と僕は答えます。親父ギャグを笑ってくれた人がいたからです。

良い授業も同じです。必ず一度は笑わせるぞと考えて授業をしてきました。僕の授業の良し悪しは、子どもたちが腹の底から笑ったかどうかで決まりました。

だから、僕のよい人生の基準は、笑えることが起こるかどうかで決まります。

ささいなおかしな出来事に家族で大笑いすることがあります。でもそのすぐ後に戦争の凍り付くような映像に接して、申し訳のないような苦さを感じる毎日です。だから、いま世界中の人々が良い人生を送れないのだと思っています。

イスラエルとハマスの間で停戦の合意がなされ、茶の間に砲弾の映像が流れない日がようやくやってきました。人質も、ほんの少しずつですが解放されました。つかの間の平穏が訪れています。しかし、平和への道のりは険しいと僕は思います。

峠三吉は『原爆詩集』（岩波文庫）の中でこう書いています。

ちちをかえせ　ははをかえせ
としよりをかえせ
こどもをかえせ
わたしをかえせ　わたしにつながる　にんげんをかえせ
にんげんの　にんげんのよがあるかぎり
くずれぬへいわを
へいわをかえせ

唯一の被爆国である日本の詩人の言葉は永遠に重く、誰の心にも届くはずです。この叫びを無視する政治家はいないと思ったのに、戦争は起こっています。
ちちも　ははも　としよりも　こどももかえってきません、にんげんも　へいわも。

こんなにさけんでいるのに。

ふっと、いくら呼びかけても無駄ではないかと思うことがあります。でも、それはきっと間違いです。

叫び方が悪かったのです。相手に届く言葉になっていなかったのです。聞こうと思わせる何かが足りなかったのだと考えるべきだと僕は思っています。

大声で叫ぶこと、スピーカーの音量を上げることばかり考えてきたのではないかと思いだしたのです。説得力があって分かりやすく、小学生にもわかる平易な言葉でゆっくり焦らず、相手の心に伝わるまで話し続ける努力が足りなかったのだと思います。命の重さを真実実感しながら語る言葉を、僕は見つけたいと思います。

俳優の吉永小百合さんが、ずっと原爆詩集の朗読を続けていて、それが「第二楽章」というCDになっています。その中にもある「生ましめんかな」という栗原貞子さんの原爆体験の詩は、教科書にも載ったことがあります。

生ましめんかな　　　栗原貞子

壊れたビルディングの地下室の夜だった。
原子爆弾の負傷者たちは

ローソク一本ない暗い地下室を
うずめて、いっぱいだった。
生ぐさい血の臭い、死臭。
汗くさい人いきれ、うめきごえ
その中から不思議な声が聞こえて来た。
「赤ん坊が生まれる」と言うのだ。
この地獄の底のような地下室で
今、若い女が産気づいているのだ。
マッチ一本ないくらがりで
どうしたらいいのだろう
人々は自分の痛みを忘れて気づかった。
と、「私が産婆です。私が生ませましょう」
と言ったのは
さっきまでうごめいていた重傷者だ。
かくてくらがりの地獄の底で
新しい生命は生まれた。
かくてあかつきを待たず産婆は

血まみれのまま死んだ。
生ましめんかな
生ましめんかな
己が命捨つとも

一九四五・八

ここに、絶望と死との中で懸命に新しいいのちを守ろうとする人の叫びがあります。死をかけてでもあたらしいいのちを「生ましめんかな」と願う魂の祈りです。

僕は個展の作品の中に、丸い月とも太陽とも地球ともただの円ともとれる絵を描いて、言葉をつけました。

守るべき　たったひとつ

という言葉です。それは、この詩から発想を得たものでした。何人もの方に「守るべきものって何ですか?」と聞かれました。

「それはあなたの心にある一番大切なものです」と答えました。自分の心に問いかけてみる時間を、僕はつくりたいと思いました。

こんな大変な世界の情勢の中でも、新しいいのちが誕生しています。頭の中にたくさんの夢や希望や愛を詰めて。小さな手を広げて未来をつかもうとしています。

その広げる手を、輝く目を、大事に守るのは人間の、普遍の責任だと僕は思っていますよ。

花キャベツが、薄紫色の葉の上に雪をのせています。

散歩の途中、ナナカマドの実を拾いました。雪をかぶって滴るような赤さです。

またお便りします。

坂本　勤

２０２３年11月30日

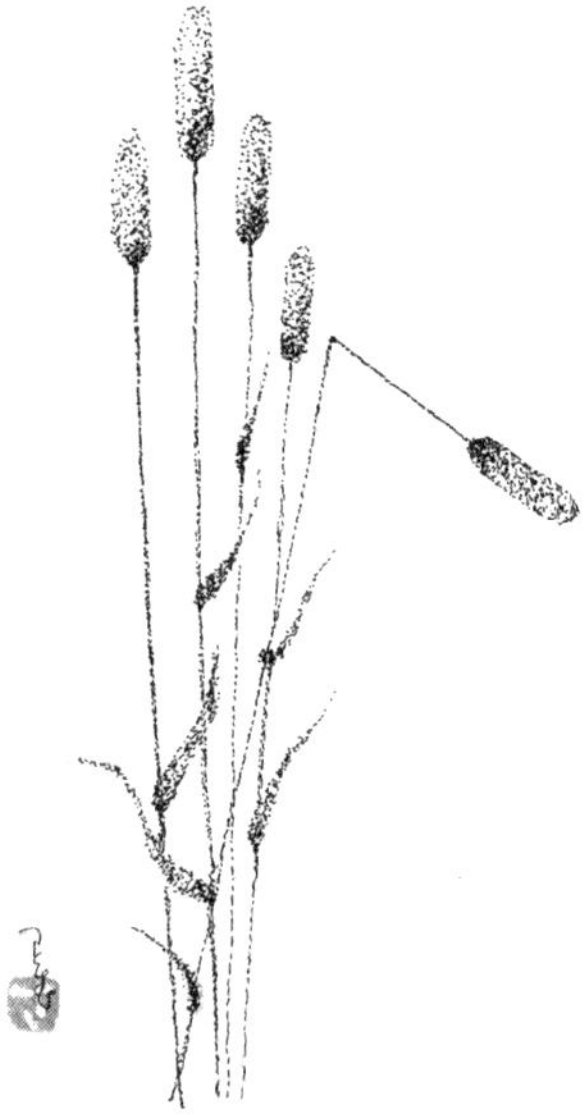

抱きしめる

拝啓　坂本先生

夜中に風が吹き荒れていました。今は穏やかに空は青いのですが、青いほどに空気が冴え冴えとしています。

笑えること…そうですね。いっぱい笑えるのは幸せですね。私は何か大変なことがあった時は「笑っちゃえ、笑えば何とかなる」って思います。

でも、テレビから流れる映像は、7日間の一時休戦後に再び始まった戦闘で北へ北へ、南へ南へと狭い中を逃げ惑う人たちであふれています。犠牲者のうち4割は子どもだそうです。この戦闘で生き残った子どもは「憎しみ」という言葉を抱き続けて生きるのでしょうか。

「ちちをかえせ　ははをかえせ……」

吉永小百合さんが無言館で朗読する様子を、私もテレビで観たことがあります。

むかし中学校の図書室で、『わたしがちいさかったときに』という絵本を読みました。原爆でやけどを負った少女が「トマトが食べたい」と言うので、お母さんがトマトを探しに出かけ、家に戻ると少女は死んでいて、「いもばっかしたべさせて、ころしちゃったね」とお母さんは泣いた——という詩が載っていました。

原爆は怖い。戦争は怖い。そう思いました。

手元に『人間兵器震洋特別攻撃隊』（国書刊行会）という写真集があります。第１２９震洋隊艇隊長で震洋会会長の田中和さんが、序文で次のように書いています。田中さんは伯父と同じ震洋隊にいて、戦後弁護士になられました。

洞窟の中には、爆薬が秘匿され、かたはらには十七歳から二十二歳の青年たちが、出撃したら生還することのできないことを承知ながら待機しておりました。この爆薬は自動車のエンジンを持ち、緑色のベニヤ板に包まれ外形からすると快速艇のようにみえます。「震洋」と名付けられたものです。この震洋を操縦する青年たちは大砲や機銃の撃針《うちばり》といった部品と同じく人間であっても、この「兵器」の部品の一つにしかすぎません。

この兵器は昼間では航空機にはかないませんから、部品である青年たちは効果ある爆発を共にしようと毎夜のごとく、激しい訓練を受け、各基地の洞窟に待機しておりました。

そして多くのものが、敵艦船を目がけて突進したり、砲撃を受けたり、移動中の輸送船で雷撃を受けたりして最期をとげました。

こんなお粗末なベニヤ板張りの兵器で戦争ができるか、とお考えになる方もいるでしょう。あの当時、志願した我々「部品」達でも、そう思いました。

しかし、戦局が悪化し、航空機も軍艦その他の艦艇も乏しくなり、工場も空襲で焼け、資材も尽き、その状況下におかれた帝国海軍の最後の頼みとする兵器であったのです。

この青年たちには親も兄弟もありました。しかし､兵器の一部となり黙って死んでいきました。

伯父が横須賀にある海軍水雷学校在学中に、祖父と中学生だった父が根室から訪ねて行ったことがありました。私は1枚のはがきでそのことを知りました。都内の旅館に泊まっていた祖父と父宛ての伯父からのはがきです。

遠路、御上京サレタニモ拘ラズ、ソノ日ハ外出デキナイコトニナリマシタ。弟モ入隊前ノ身デス故二人デ寫眞ヲ撮リタイト思ッテ居リマシタガ残念ニ思ヒマス。東京見物ナドサセテヤッテ下サイ。御無事ナ旅行ヲ祈ッテ居リマス。母サマニ宜敷クオ伝ヘ下サイ。

これが、祖父への今生の別れの言葉でした。祖父はきっと、会ったら何かうまいものを食べさせようと思って、激しい戦局の中、根室から何日もかけて汽車と連絡船を乗り継いで会いに行ったのでしょう。でもその願いは叶いませんでした。

私はそのはがきのことを書いて、新聞の投稿欄に送りました。そうして「戦後を語り継ぐ」という欄に、伯父のことを載せてもらいました。

数日後のことです。「私の父はこの伯父様と同じ部隊にいました」という連絡が新聞社宛てにありました。

驚きました。180名の部隊員はほぼ全滅と知っていたからです。

すぐにその方にお電話をしました。その女性が話してくださったことです。

「富良野の実家の父は、レイテ島にもガダルカナル島にも行きました。船団を組んで向かったらしいのですが、夜になると敵の魚雷により、目の前で閃光とともに近くにいた船が真っ二つに縦になり海に沈んでいき、人がばらばらと海に投げ出されたと言っていました。そうして伯父様と同じ隊でコレヒドールへ行くと、マラリアにかかって病院船で日本へ帰され、暗い船底にはマラリアの人が大勢いて、水を欲しがり苦しんで、次々に死んでいったそうです。父はやっと日本にたどり着き、敗戦後に富良野に戻ってからも恐怖の体験から逃れられず苦しみ続けました。やがて部隊が全滅したことを知り、『特攻は死ぬも地獄、生き残るも地獄』と、戦争と戦争を起こした人たちを憎んでいました。

敗戦後4年ほどたった頃です。根室からおじいさま(私の祖父)が訪ねていらっしゃいました。手には伯父様の軍服と写真がありました。何日もわが家に泊まって行かれ、父から離れずにいたそうです。あの島で伯父様と一緒にいた父のそばに少しでもいたい、そんな様子だったそうです」

私たちは、ずっと前からの知り合いだったかのように受話器を握りしめ、語り合っては声をあげて泣きました。祖父が富良野へ行ったことを、私はそのとき初めて知りました。

電話を切ってから、どうしても一つだけ分からないことがありました。伯父は南洋へ発つにあたり、冬の軍服を根室の家へ送っていたのでしょう。ではなぜ、その大事な軍服を祖父はその方の家へ持って行ったのでしょう。私は何日も考え続けました。それは富良野の暑い夏だったのか、雪深い冬だったのか。そんなことを考えている時に、祖父が雪の中でニコニコ笑う顔を思い出しました。

子どもの頃のことです。私は、祖父母の家から少し離れた家に住んでいました。冬です。大粒の湿った雪が風で横殴りに降っていた日の夕方、あたりはもう暗くなっていました。

玄関戸をドンドンと叩く音がします。私が中から引き戸をガタガタと開けると、そこに長靴を履いた祖父が立っていました。黒いコートと黒い帽子は雪で真っ白、手には風呂敷包みをさげています。祖父の背後では、先が見えないほどに雪が吹きつけていました。

私は包みを祖父の手から受け取り、廊下にかがみこんだままでほどくと、駅前のケーキ屋さんの箱が入っています。ふたをあけると、フワーッとまん丸いシュークリームがぎっしり入っていました。姉と私がよろこぶ姿を見ると、祖父は何も言わずただ優しい目をして、黒く光った長靴で雪を踏みしめ帰っていきました。

その姿を思い出し、私はやっと気がつきました。祖父は忘れてほしくなかったんです。息子が死んだことを。

日本は戦争が終わると、繁栄の道をまっしぐらに進みました。でも、どうして息子は死ななければならなかったのか。あの戦争は何だったのか、何のために息子は死んでいったのか、どうか私の息子を忘れないでくれ——。

祖父の心がやっと伝わりました。


終戦から40年たった9月の朝、仏間の壁にかかった伯父の写真の下で、祖父は目を閉じていました。頬に手をやるとひんやりと冷たく、小さな体でした。根室の秋らしい空の青い日でした。そうしてその32日後には、元気だった祖母も静かに目を閉じました。その日もまたすがすがしいほどの秋晴れでした。

2人は幾重にも悲しみを抱き続けながら、ただの一度も恨み言を言わず、泣き言も言わず、手を取り合って、伯父のいるところへやっとやっと旅立っていきました。40年間、一度も会うことができなかった息子の髪に触れ、声を聞き、体を抱きしめることができたのだと思います。

祖父母はどこか遠くから私の娘佐和子を見ていて、私に「離すんじゃない。離すんじゃない。どんなことがあっても子を離すんじゃない」、そう言っているような気がします。

先生、これがたったひとつ、私が守るべきものです。伯父が書き残した1枚のはがきが、私にそう教えてくれました。

ガザには泣く子がいて、テレビからは、国を率いるはずの人たちが、どこか他人事のように「今はお答えできません」と繰り返す映像が流れてきます。「敵基地」や「武器」という言葉も聞こえてきます。

今もし、310万の犠牲になった人たちが、声を出したなら。

先生、私はどうしたらいいのですか。何をしたらいいのですか。

戦争なんてまっぴらごめんです。

夜、ほんの少し降った雪が木々の間に残っています。

2023年12月12日

今　美幸

1億の細い糸

拝啓　今美幸様

道路が凍てついて、ゴミを捨てに行くときにも鋲《びょう》のついたすべり止めを靴に巻いています。「転ばないでね」。外に出るたび、家人から声をかけられています。歩幅を狭くして、ちょこちょこ幼児のように歩いていますよ。

前回の手紙の時点では一時停戦により人質の交換がなされ、良い方向に進むかと期待していたのですが、今日のニュースは以前と同じ暗いものでした。

爆撃で天井が落ち、ごった返す病院の中を、泣きながら「お父さん、お父さん」と叫びながら走る血まみれの少年の映像が流れました。

僕は思わず、8歳の自分を思いました。昭和20年の7月です。このころ僕はまったく知らなかったのですが、根室が空母艦載機の空爆を受けていたのですね。きっと大人は切迫した戦局を感じていたのかもしれません。前の夜は一晩中「空襲警報発令」「灯火管制」とメガホンで叫ぶ声を聞きました。

この声を聞くと、母はぱっと電灯に黒い布をたらします。灯が外に漏れないようにするのです。

「服を着たまま寝れや。いつでも飛び出せるように」

母は低い声でそう言って、僕たちが寝るのを待って電気を消します。

朝、母は布で作った袋を見せて、「この袋に炒った大豆を入れたから学校に持っていけ。もしものときにこれを食べれや」と真剣な顔で言いました。

「もしもの時って…」と僕は聞き返しましたが、返事はありませんでした。「学校から帰って家にだれもいなかったら、あちこち行かず川の横の桜の木の下に行くんだぞ。あそこがうちの集合場所だから」

なんとなく、尋常ではないことが起こっていることを僕は感じていました。

「紀恵子の手を絶対に放すなや。逃げる時には一緒に逃げるんだぞ」

紀恵子というのは、3歳になった妹の名前です。

その時ふっと、僕は見えたような気がしました。家に帰ったら誰もいない、桜の木の下に誰もやって来ない。暗闇の中で妹と手をつないで泣きそうになっている自分です。泣いちゃいけないと歯を食いしばっている自分です。

大人になった今も、この夢をときおり見ます。涙を流していることに気づいてはっとします。

テレビの中の少年も、「もしもの時」の対応を家族で話し合っていたはずです。その決められた場所に、お父さんは来ていなかった……。少年の暗い絶望を、僕の夢に重ねて思いました。

桜の木の下で家族が息をひそめていたその日、西の空に轟音が響き、黒い機影がねじるように旋回して消えていきました。無意識の中、全員がそれぞれの手を握り合っていました。僕が敵機を見たのはそれが最初で最後です。

「この戦闘で生き残った子どもたちは『憎しみ』という言葉を抱き続けて生きるのでしょうか」こうあなたは書かれています。僕は「いいえ」と答えます。「きっとそれを超えた優しい大人になる」。僕は断言します。いや、そう断言したいのです。

瓦礫の中を、傷ついた人を抱えて治療場所に走る人がいます。自分も血まみれです。少ない医療器具で懸命に診療にあたる医師がいます。彼の家族が安泰であるとは限りません。彼らもまた、「もしもの時」を確認し合っているだろうと思います。

瓦礫を掘り起こし、生き埋めになった人を必死に救おうとする人がいます。ただただ命を守ろうとする人々です。自分の命すら顧みずに。

戦乱の中で生き、「憎しみ」を抱えた少年は、いつかそのことに気づきます。そのことを、イスラエルの「今美幸」が記録に残します。ガザの「今美幸」がその資料を保管します。イスラエルの老人の「僕」も少しだけ文章にして。

少年の憎しみは、そんな大人の優しさに気づいて、ほんの少しずつ解けていくと信じたいと思います。

8歳の少年だった僕も80年後のいま、戦争の恐ろしさとむなしさを感じながら戦中を振り返り、今後に生かせることはないかと、記憶を頼りにあなたに言葉を紡いでいます。

あなたは、戦死された伯父様の資料を基に、無念の思いとともにその時代を懸命に生きた一人の人間を蘇らせている。その死を無駄にしないために。この悲劇を繰り返させないために。

きのうと同じ今日　今日と同じ明日。

くりかえすことのできるいとおしく　かけがえのないしあわせ

僕はこんな言葉を書きました。平凡な日常がどれだけ素晴らしいことかを確認したかったからです。

先日の「北海道新聞」で、札幌清田高校のグローバルコースの実践が紹介されました。ナチス・ドイツの親衛隊中佐アドルフ・アイヒマンの裁判についての学習でした。ユダヤ人虐殺に協力したアイヒマンに対して哲学者ハンナ・アーレントが述べた「凡庸な悪」とは何かという学習でした。アイヒマンは家庭を大事にする平凡な勤め人で、ユダヤ人への憎悪も持たず、猟奇的な殺人への興味もなく、ただただ昇進と昇給を願い、それによって家族を幸せにしたいと願う凡庸な人だったそうです。「戦中の自分の行動は上司に命令されたからやったことだ。自分が悪いわけではない」と弁明しました。それをアーレントは「凡庸な悪」と表現しました。

僕も家族が大事です。それを一番に考えて生きています。しかし、同時に流れる時代の中を生きていることを忘れがちです。その中に小さく潜む「良くないもの」に気づかずに過ごしがちです。流れる時代は1億人の細い糸でつながっています。僕の暮らしもこの糸の中にあります。自分はつながっていないと言いたくなりますが、それは難しいのです。糸の先がどちらを向こうとしているか。行きたくない方向だったら、糸の方向を変えねばなりません。しかし、

1億分の1の力は弱いものです。引っ張っても容易に方向を変えることはできません。しかし、1万本になったら、1千万本になったら力を持つものです。

「きのうと同じ今日」という言葉の上に、「戦争のない」という5文字を付け加えたいと今は思っています。自分自身の「凡庸な悪」に気づいていることを確認するために。

僕は歌舞伎が大好きです。能、狂言にも心ひかれます。そして僕は、チャイコフスキーにもベートーベンにも京劇にも、愛着や興味を感じるのです。それぞれの国の文化の面白さ、その美しさに心を動かされています。僕の中で、文化の交流には何の対立も生まれていません。

空が澄んでいます。今日は冬至、かぼちゃのお汁粉をいただきます。またいつかお便りします。お元気で。

坂本　勤

２０２３年12月22日

［対談2］魂を育てる教育

きのうと同じ今日　今日と同じ明日。
くりかえすことのできるいとおしく　かけがえのないしあわせ
今日一日ありがとうって　君と自分に言って眠りたい。
どんな一日であっても。
おだやかな一日へのねぎらいと感謝。
おやすみ

坂本　今回の戦争を思うと、「昨日と同じ今日がある」ということはとても大事なことなんだなと思います。平凡な一日がどれだけ大事かということを強く感じます。かけがえのないものとは、壊されてから気づくものですからね。

今　自分にはそんなことは起こりっこないという気持ちがどこかにありますね。日本で戦争なんて起こるわけないと。

坂本　こういう日常は、絶対に守られているものだと思いながら生きてますからね。だけどそれはかなり脆《もろ》いものです。僕は、今日という一日に感謝して終われるような人生を送りたいと、日頃から思っています。言葉は深い意味を持っています。「おやすみ」「いってらっしゃい」「ただいま」。そんな日常の言葉には深い思いが込められています。

『タマゴマンは中学生』にも書きましたが、東日本大震災が起こった朝、子どもが出かけるときにたまたま食器を洗っていて、「いってらっしゃい」という言葉を言えないままわが子を失ってしまったお母さんがいました。そのお母さんの気持ちを思うと、「いってらっしゃい」という言葉には祈りが込められているのだと感じます。「きょう一日、無事でいてね」という祈りや、「元気でよかった」という感謝がその言葉には秘められている。

できないと思っていることは　できるかもしれないこと

挑戦

今　障害者にかかわる医師たちは「認定」とか「判定」という言葉をよく使うのですが、私はそれが好きではありませんでした。同じ人間が人を認定するなんてと。

坂本　人間という複雑なものを、本来は誰かが判定することなどできないものだと捉えたいです

よね。AかBか、はっきり分けられない曖昧なものを、人間なら誰もが持っているのではないでしょうか。認定や評価にかかわっている人が、その曖昧さを尊ぶ気持ちを心の中にもちながら仕事をしてくださっていると信じたいですね。さまざまな場面で評定を求められる教師も、それは同じです。

今　小樽の講演を聴きにきてくださった時、先生は私の織りの服をほめてくださいましたね。先生からのお手紙には「子育てをしながらそういう夢を持つということがステキです。自分のなかにあるものを大事に育てることを忘れないでください」とありました。

坂本　講演の準備だけでも大変なのに、わざわざその日のために生地から手作りするというあなたの生き方に感動しました。一つのことを成し遂げるのに脇目も振らず突き進むという人もいますが、別のことにも頑張れるという力が、子育てにも新しい視点を与えていくのだと思います。

今　そう言っていただけて本当にうれしかったんです。障害を持つ子の親は、子どもの要求に応えることに追われて、自分の時間をなかなか持てません。私は娘に障害があることが分かった時に、「娘が1年生になるまでは、自分がやりたいと思っていたことを全部やめよう」と決めたんです。本も読まない、好きな縫い物もしないと。結局、娘が高校を卒業するまでそうでした。

坂本　織りをすることが心のゆとりにもなりますね。子育てでは、親は子どもの方ばかり見るのではなく、自分の生き方をしっかり見せることが、子どもに対しても意味を持つと思います。

今　あなたのために人生を犠牲にしてきたんだよ、というのは、子どもにとっては重荷でしかないですからね。

群れるまいと思う。流されるまいと思う。

坂本　これは僕にとってもっとも大事な言葉の一つです。

今　私も「みんなと一緒」というのが嫌でした。

坂本　僕もそうです。教職員組合で賃上げを要求する時など、団結を示すために鉢巻きをするのですが、僕は絶対にしなかった。全員が同じことをするという状況に、常に疑問を持ち続けてきたのです。ジャージ姿で授業をする先生も多かったのですが、僕はいつもスリーピースを着ていました。運動会にジャージを着るのも嫌でした。

今　障害者の団体では「ここにスロープを作ってほしい」という要求をあげるには、みんなの声を合わせなくてはなりません。でも私はそれが苦手だったので、「一人でもできることは絶対にある」と思って、札幌駅前に大丸デパートができる時に、「障

害者用のトイレにベッドがほしい」というお願いを手紙にしてデパート宛てに送りました。すると「自分たちは気づいていませんでした。携帯用のベッドをつけますね」というお返事をいただいたんです。でもこういう協調性のない生徒が教室にいると、先生はやりにくいんでしょうか？

坂本　いいえ、「そういう生徒がいるから面白い」と僕はとらえようとしていました。その生徒は、「他人と違う」という一番大事なところにいると考えたからです。今でも、「平和を求める」とか「戦争反対」ということを声高には言いたくないと思っています。日常の小さな暮らしの中に、それを実現させるための具体的な方法を探ろうと思ってきました。

今　手紙で、根室の祖母が東条英機に唾を吐きかけてやりたいと語る場面を書きました。今の世が、戦前に似ているという人もいます。私は戦前のことはわかりません。先生はどう思いますか？

坂本　僕は、言論が統制されるということが最も怖いことだと思っています。当時の僕たちは、戦争が終わるまで本当の戦況を知らされなかった。報道されなかった。つまり言葉が止められた。それが一番怖いことです。次に僕が恐ろしいと思うのは、集会の自由が脅かされることです。気持ちを共有しあったり同じ考えを持つ人々が集まることを禁じたり、その集まりを解散させることが可能になる法律ができてしまったら、それは人々の精神を既に戦時下に置いていることと同じではないでしょうか。

今　自分の家族が人質に取られたとしたら、どんなことをしてでも取り戻したいと思いますよね。そういうことが分かると、他人を傷つけてはいけないことが分かりますよね。

坂本　「仕方がない」という空気が国中に流れているとしたら、それは戦前と同じです。そしてもし戦争が始まってしまったら、僕らにはそれを止める手立てがない。その怖さをみんなが知るために、戦争当時の出来事を調べて、これと同じことが起こってもいいのかということを、絶えず周りに問い掛けることが大事になります。僕は、自分の周りの人を中学生にもわかる言葉で説得できなかったら、それは思想とは言えないのではないかと思っています。声高に叫ぶのではなく、相手の懐に入り込むような言葉を見つけるにはどうしたらいいか。

そしてこう考えます。戦争という困難が身近に迫る時代だからこそ、音楽や絵などの芸術の力が求められている。ロシアとウクライナの戦争が起こった時に、現地のバレエ団を呼ばないとか、ロシア音楽を聴かないという動きがありましたが、僕はそれがもっとも愚かなことだと思います。こういう時にこそ、ロシアの芸術やウクライナの文化を知ることが大事なはずです。それが、戦争という動きを抑える大きな力になる。

教育もまた、戦争を抑えることができると思います。人間とはどうあるべきかを学ばなくてはならない。知識を教えるのではなく、人間の魂を育てることが、教育にはできるのではないかと思います。その魂こそが、戦争を超えるものであるはずです。

（了）

坂本 勤（さかもと・つとむ）
1937年北海道上川町生まれ。詩画作家。十勝・幕別町や札幌市内の中学校で国語教師として勤務。退職後は「子どもの心を守る」というテーマで講演や執筆活動を行う。主な著書に『タマゴマンは中学生』シリーズ、『坂本勤絵ことば集おっとどっこい』（いずれも北海道新聞社刊）などがある。

今 美幸（こん・みゆき）
1959年根室市生まれ、室蘭市在住。重い障害を持つ娘・佐和子との手づくりの「じてん」にまつわるエピソードをつづった『さわこのじてん』（北海道新聞社刊）が反響を呼ぶ。2022年から「北海道新聞」のコラム「朝の食卓」筆者。

編集 仮屋志郎（北海道新聞出版センター）

坂本先生とさわこの母

2024年4月30日 初版第1刷発行

著 者 坂本 勤
今 美幸
発行者 惣田 浩
発行所 北海道新聞社
〒060-8711 札幌市中央区大通西3丁目6
出版センター（編集）電話011-210-5742
（営業）電話011-210-5744
印刷・製本 株式会社アイワード

乱丁・落丁本は出版センター（営業）にご連絡くだされば
お取り換えいたします。
ISBN978-4-86721-131-1